M A Y A · N A T S U

M E

UN BRUIT DE VERRE BRISÉ...
... RETENTIT DANS MA TÊTE ET MON VENTRE.
TDONK
JE SENS...
... UNE ODEUR DE FER.
JE SENS BRÛLER LES FLAMMES DE MON ENFER.

ENFER&PARADIS

TRENTE-QUATRIÈME ROUND

INTRODUCTION

Remontons quelques années en arrière. **Shin Natsume** est encore vivant, et il dirige le **Club du Katana**. A la même époque, sa sœur **Maya** ne ménage pas ses efforts pour prouver à son frère et à leur entourage qu'elle est le nec plus ultra des combattants de l'institut Toudou, et pour parvenir à ses fins, elle n'hésite pas à persécuter en secret tous les membres du club.

Pendant ce temps, **Mana Kuzunoha**, la copine de Shin, entretient une liaison avec **Mitsuomi Takayanagi**, qu'elle tente de monter contre son petit ami officiel. Mana travaille pour **Dohgen Takayanagi**, grand maître de l'école **Kishi Gaoh**, une organisation clandestine qui examine les êtres humains les plus puissants pour comprendre d'où vient leur force. Mana s'arrange pour que Shin attire leur attention. Mais Shin découvre le pot aux roses, et après un entretien avec le chef du projet, il se bat contre son ami Bunshichi qui veut l'empêcher de collaborer avec l'organisation.

Qui sortira vainqueur de cet affrontement et quelles en seront les conséquences ? A vous de le découvrir...

SOMMAIRE

6

TRENTE-QUATRIÈME ROUND 1

TRENTE-CINQUIÈME ROUND 37

TRENTE-SIXIÈME ROUND 69

TRENTE-SEPTIÈME ROUND 101

TRENTE-HUITIÈME ROUND 133

TRENTE-NEUVIÈME ROUND 165

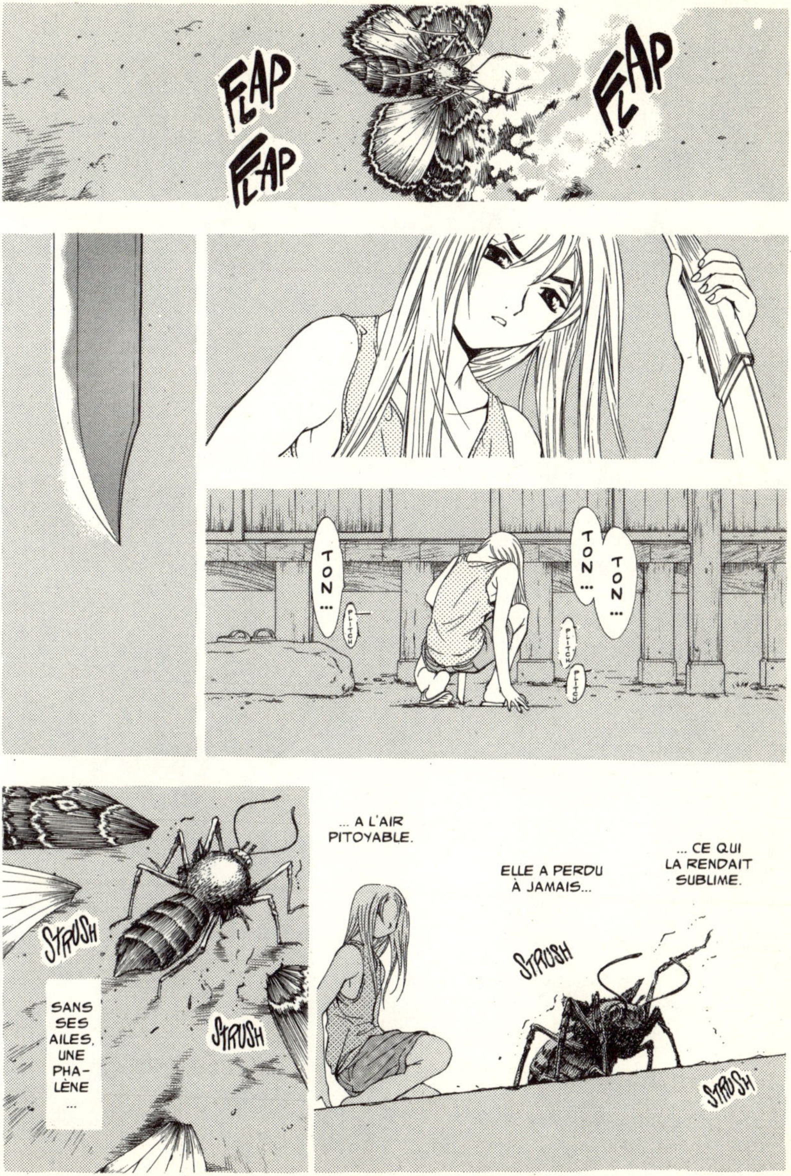
FLAP
FLAP
FLAP
TON...
PLITCH
TON... TON...
PLITCH
PLITCH
STRUSH
STRUSH
SANS SES AILES, UNE PHALÈNE ...
... A L'AIR PITOYABLE.
ELLE A PERDU À JAMAIS...
... CE QUI LA RENDAIT SUBLIME.
STRUSH
STRUSH

DANS CES CONDITIONS, ELLE EST SUR PASSÉE PAR DES INSECTES...
... QUI LUI SONT INFÉRIEURS...
EN BEAUTÉ ET EN GRÂCE.
POUR-QUOI...
... EST-ELLE ATTIRÉE PAR CETTE LUMIÈRE ?

OOOOH !
AH
C'EST FINI ?

J'AI ENFIN TROUVÉ LE SURNOM QUI ME CONVIENT...
DORÉNA-VANT...
APPE-LEZ-MOI TAWARA "L'EXOR-CISTE".
DÉ-FENDS-TOI.
HÂN
KOF
COUGH
KOFF
COCH
KOFF

SERS-TOI DU KATA-NA...
QU'EST-CE QUE TU AT-TENDS ?
...
ZUM
WOOSH

SCROK
JE NE TE RECONNAIS PLUS !
MAIS QU'EST-CE QUI T'ARRIVE, SHIN ?
TZS

!!
T'ACHARNER COMME ÇA SUR MES JAMBES...
COMMENT EST-CE QUE TU PEUX FRÉQUEN-TER CES CONNARDS ?
ET TRAHIR TES AMIS DE TOU-JOURS ?

SI TU N'ES PAS À LA HAUTEUR, C'EST PAS LA PEINE DE TE BATTRE...
GOUF
SANS TA FORCE, SHIN... TU NE VAUX PLUS RIEN !
T'ES MÊME PAS CAPABLE DE VAINCRE UN ADVERSAIRE BLESSÉ ?

TA...
KOF
STRICH
STRICH
TAWARA...
TU PEUX PAS COMPREN-DRE...
ÉVIDEMMENT QUE JE COMPRENDS PAS !
JE NE TROUVE PAS D'EXPLICATION À TES COM-PORTEMENTS ABSURDES !
C'EST BIEN POUR ÇA...

SKRISH

CRASH
... QUE JE SUIS VENU.

... EST VRAIMENT
... FORT.
MÊME AVEC L'OEIL DU DRAGON, SHIN N'A RIEN PU FAIRE.
WHAO ...
IL L'A RATATINÉ...
CE TYPE...
WOOOOM
?!
SBAM
SBAM
SBAM
SBAM

TU AS RÉALISÉ UNE VRAIE PROUESSE.
CLAP
CLAP
TU AS ÉTÉ FANTASTIQUE !
CLAP
TU MÉRITES UNE OVATION !
ON EST TOUS SOUS LE CHOC.
CLAP
CLAP
AH AH AH ...
CLAP
AH AH AH !
CLAP
TU FERAIS UN EXCELLENT COMBATTANT.
CLAP
AÏE !
VU QUE TU NE FRÉQUENTES AUCUNE ÉCOLE, SI TU T'INSCRIVAIS DANS LA NÔTRE ?
AÏE !
HÉ !
CLAP
...
IL EST AUSSI NAÏF QU'IL EST DOUÉ.
GÉNIAL !
SUPER !
TAK TAK TAK
ARRÊTEZ, VOUS ME FAITES MAL !
VOUS ÊTES CONS OU QUOI ?!
GUAAAAAAAH
STRIISH

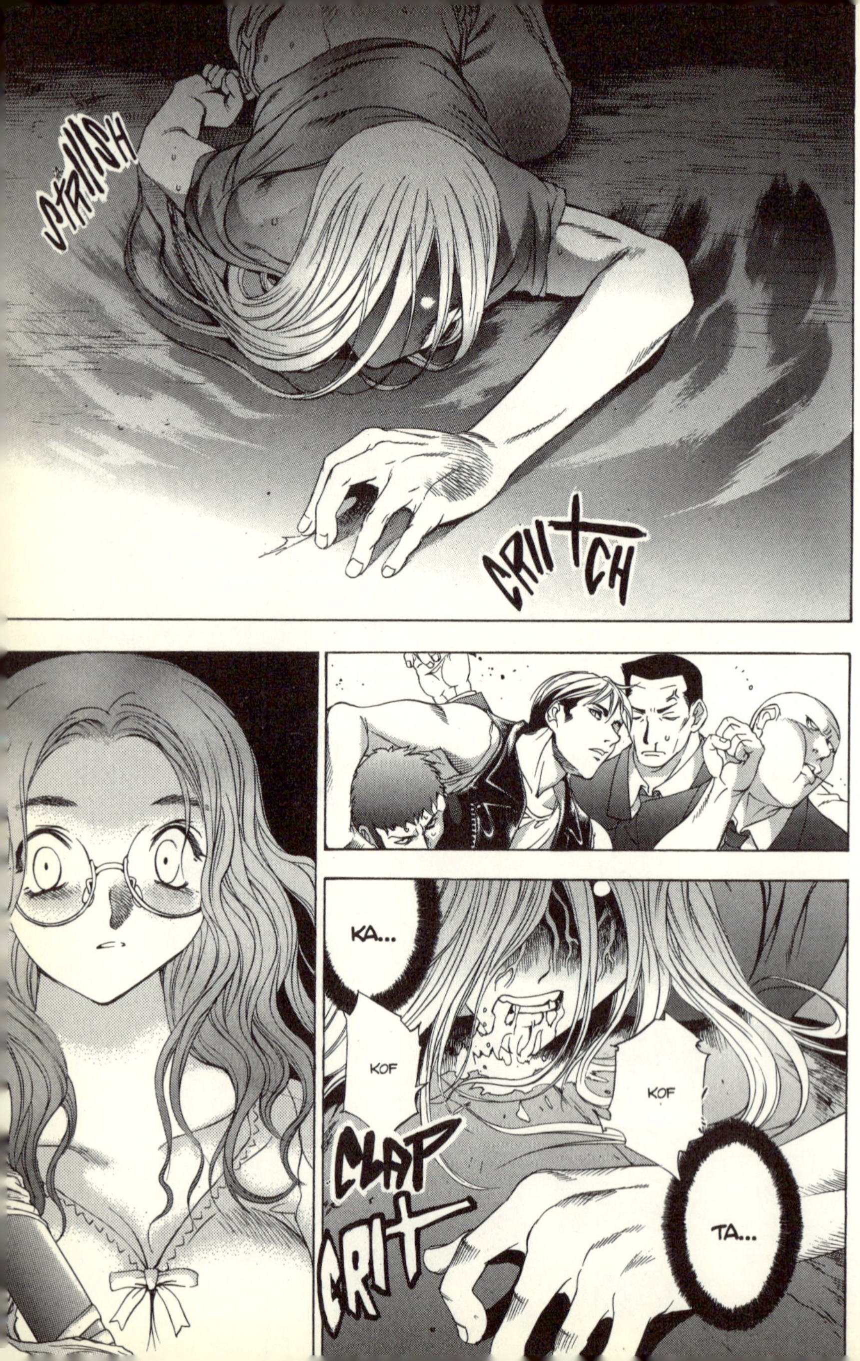

SCRIIISH
CRIITCH
KA...
KOF
KOF
CLAP
CRIT
TA...

LE KATANA...
...
L'OEIL...
PASSE-MOI LE KATANA...
SWIIIN

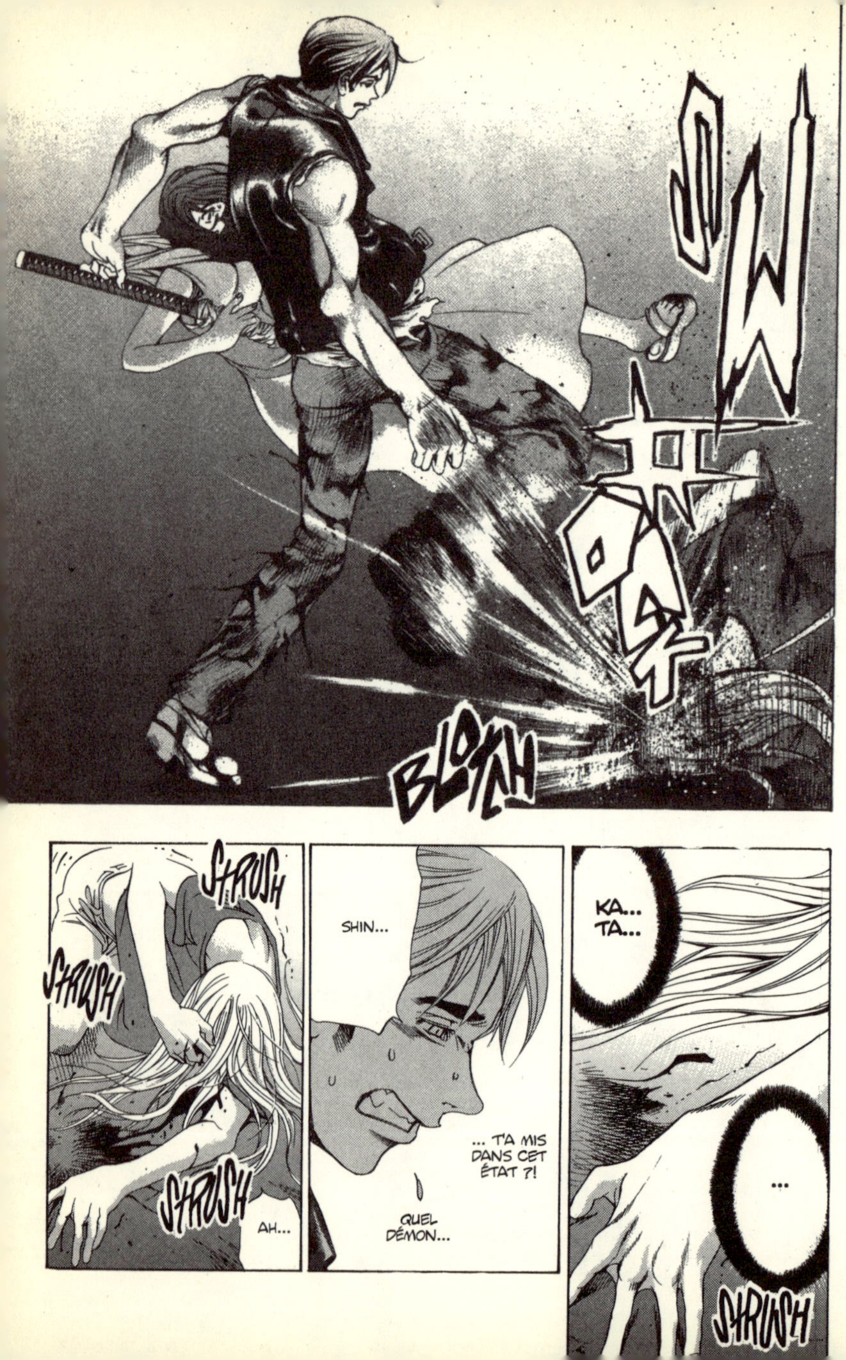
KA... TA...
...
SHRUSH
SHIN...
QUEL DÉMON...
... T'A MIS DANS CET ÉTAT ?!
SHRUSH
SHRUSH
SHRUSH
AH...

SHIINN !!!

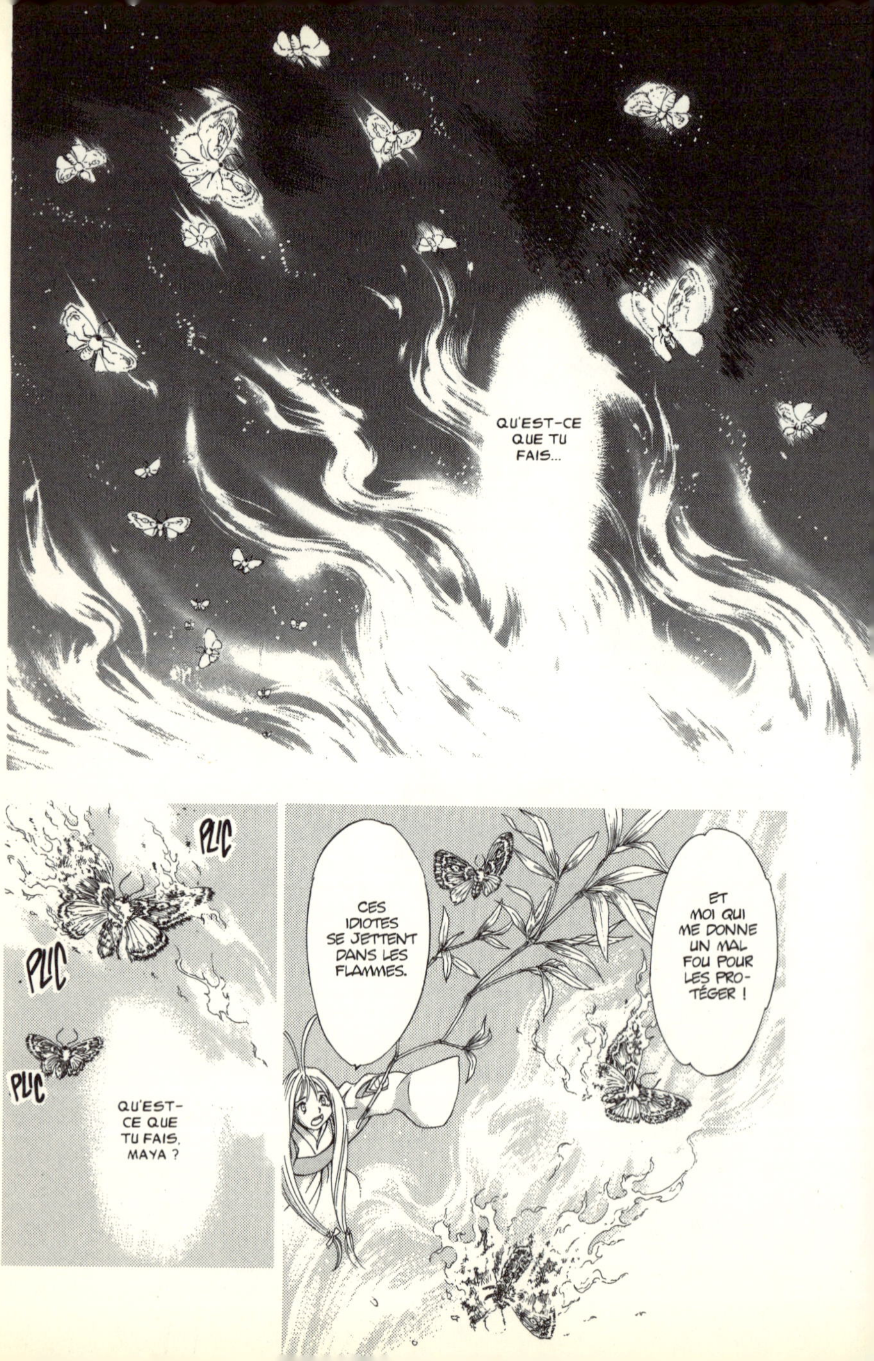
QU'EST-CE QUE TU FAIS...
PLIC
PLIC
PLIC
QU'EST-CE QUE TU FAIS, MAYA ?
CES IDIOTES SE JETTENT DANS LES FLAMMES.
ET MOI QUI ME DONNE UN MAL FOU POUR LES PROTÉGER !

C'EST DANS LEUR NATURE DE SE COMPORTER AINSI.
LEUR NATURE, TU PARLES...
ÇA NE SERT À RIEN.
ET ALORS ?
...
SI LE MONDE ÉTAIT PLONGÉ DANS LES TÉNÈBRES...
... AVEC CE BÛCHER POUR SEULE SOURCE DE LUMIÈRE...
EH BIEN, J'AURAIS BEAU SAVOIR QUE JE VAIS MOURIR DANS LES FLAMMES DE L'ENFER...
... JE FERAIS LA MÊME CHOSE.
JE ME JETTERAIS DANS LE BRASIER SANS HÉSITER.

ET MÊME UNE FOIS MES AILES BRÛLÉES...
... QUAND MON CORPS RAMPERAIT DANS LA BOUE...
... JE SUIS SÛR...
... QUE JE ME PRÉCIPITERAIS DANS LES FLAMMES...
... POUR QU'ELLES M'ANÉAN-TISSENT.

MAYA.
JE CROIS QU'IL CONNAISSAIT DÉJÀ SON DESTIN.
POUR MOI, TU ES COMME CES FLAMMES...
SHIN SAVAIT QU'IL POSSÉDAIT LE POUVOIR DU DRAGON.
JE...
... N'AI PAS COMPRIS PAS CE QU'IL VOU-LAIT DIRE.
J'AI OUBLIÉ...
... CE QUE JE LUI AI RÉ-PONDU ...

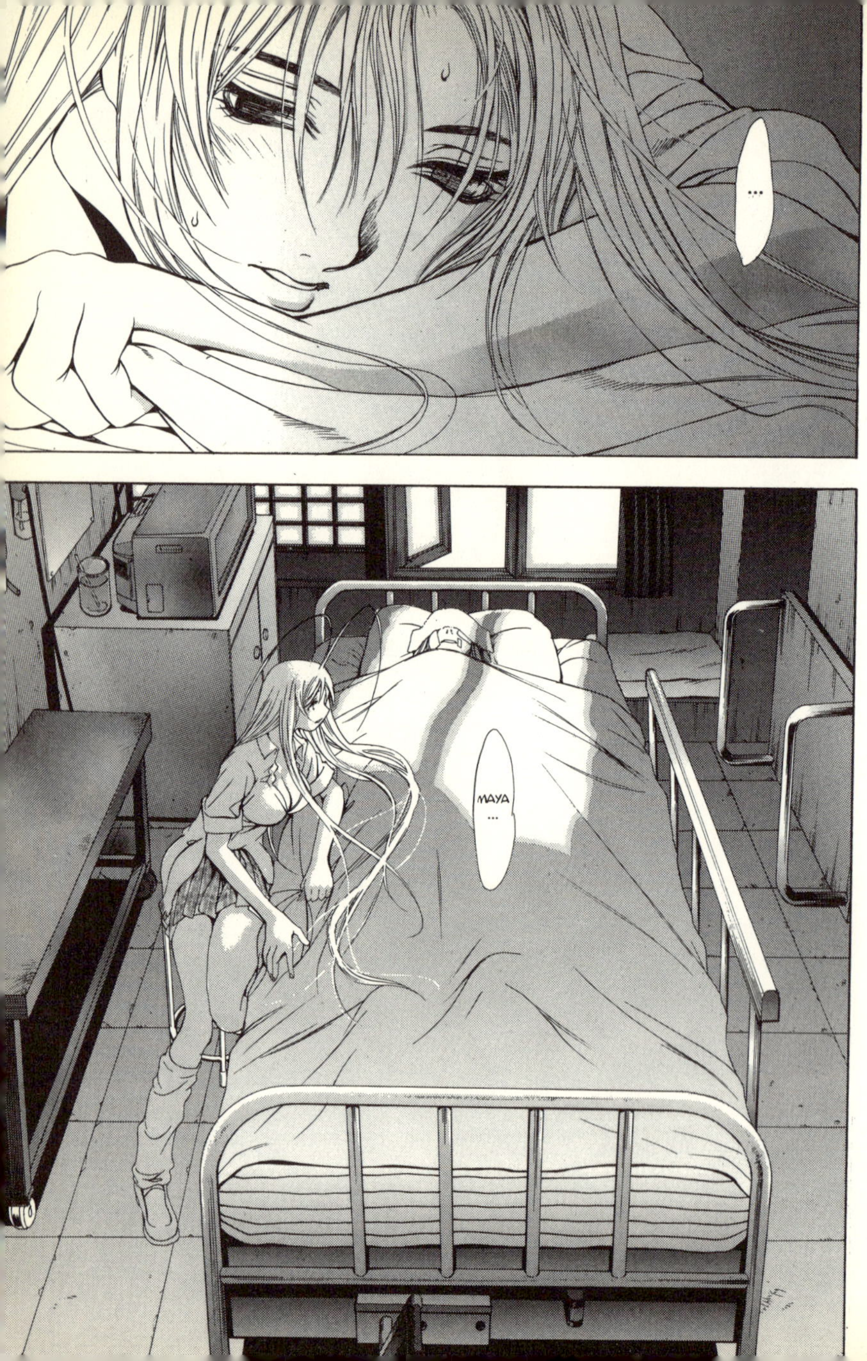
...
MAYA
...

JE T'EN SUPPLIE, NE ME LAISSE PAS.
MAYA ...
NE T'INQUIÈTE PAS...
JE RESTE AVEC TOI, MON FRÈRE.

ILS T'ON MIS UNE SACRÉE RACLÉE, DIS DONC.
JE NE T'AI JAMAIS VU DANS UN ÉTAT PAREIL.
SHIN ...
C'EST DRÔLE ...
MAIS JE PENSAIS ÊTRE LA SEULE À POUVOIR T'ARRÊTER.
VRAI-MENT.
C'EST BIZARRE, NON ?

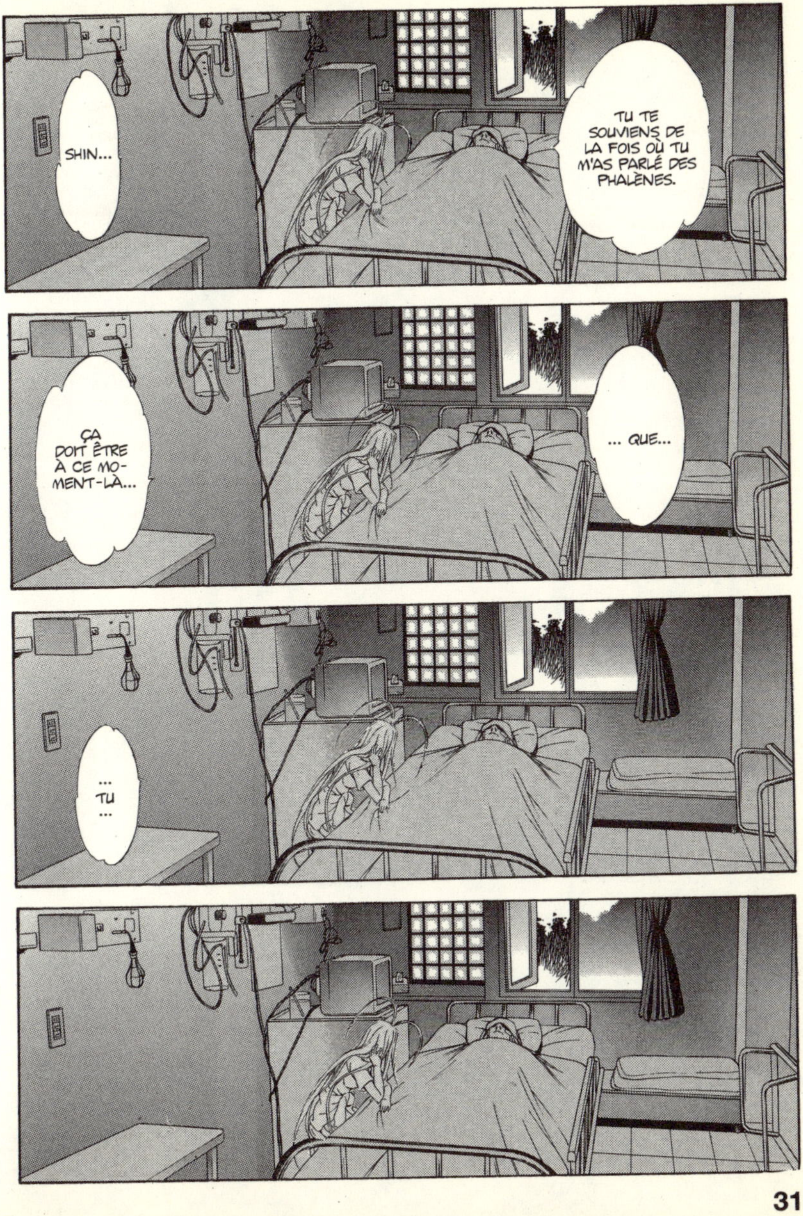
TU TE SOUVIENS DE LA FOIS OÙ TU M'AS PARLÉ DES PHALÈNES.
SHIN...
... QUE...
ÇA DOIT ÊTRE À CE MO-MENT-LÀ...
... TU ...

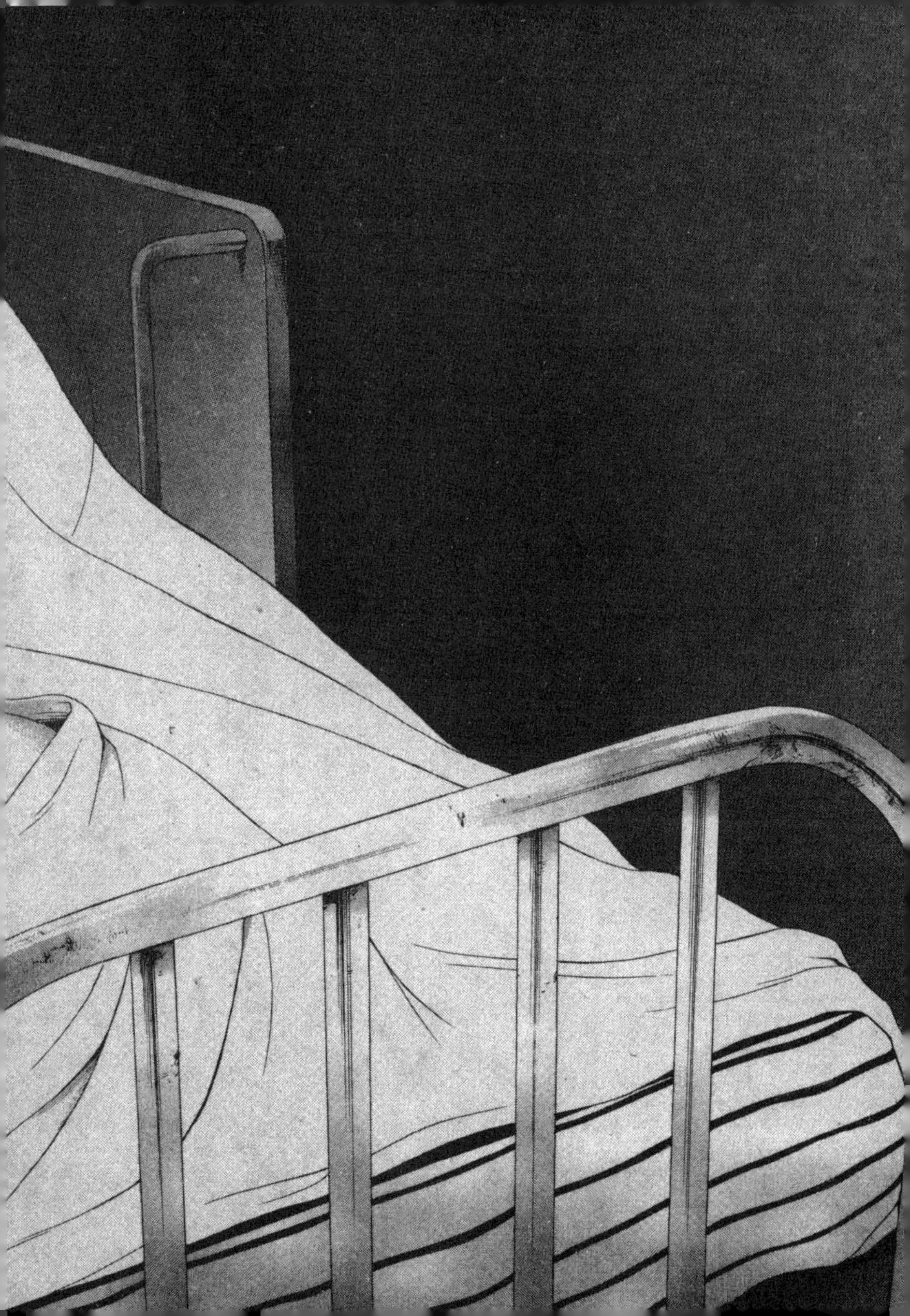

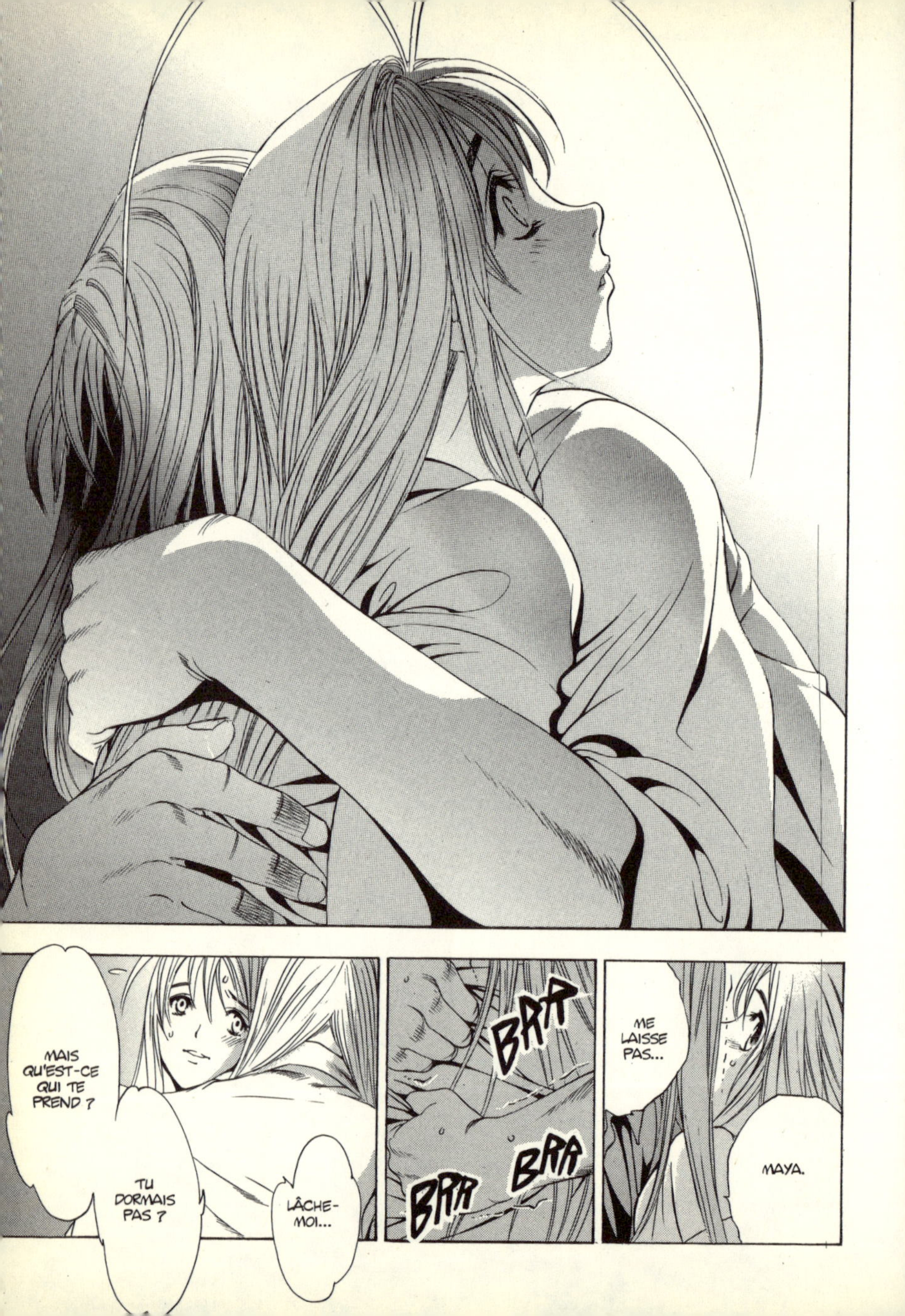
ME LAISSE PAS...
MAYA.
BRR
BRR
BRR
LÂCHE-MOI...
TU DORMAIS PAS ?
MAIS QU'EST-CE QUI TE PREND ?

J'AI PEUR...
MAYA.
NE T'IN-QUIÈTE PAS...
JE SUIS LÀ.
MM...
MÊME SI TU DEVRAIS PARFOIS.
LES FLAMMES...
... ME CONSUMENT...
JE SUIS UNE PHALÈNE.
AH ...
?!
JE NE SUIS PAS LE FEU...
JE NE POURRAIS JAMAIS BRÛLER MON FRÈRE.
NGH...
BRÛLE-MOI ...

TOUT COMME TOI, SHIN.
SI JE DEVAIS TOMBER
... DANS LES FLAMMES AVEC MON FRÈRE...
... JE SUIS SÛRE QUE JE N'AURAIS PAS PEUR.

C'EST LA PREMIÈRE FOIS QUE J'AI EU PEUR.
J'AI DU NOUVEAU.
AU SUJET DU KATANA...
HEIN ?
ON EST DÉJÀ AU COURANT.
PEUR DE L'INCONNU.
VOUS CROYEZ QUE C'EST LA FIN DE LEUR AMITIÉ ?
ILS SONT TOUS À L'HOSTO POUR TROIS MOIS.
C'EST FAUX, PAS TOUS.
COMPTE BIEN.
AH, TU VEUX PARLER DE...
C'EST VRAI QUE D'UNE CERTAINE MANIÈRE...
... IL EN FAISAIT PARTIE LUI AUSSI.
EN TOUT CAS, Y A PAS À DIRE, CE BUNSHICHI...
... IL EST VRAIMENT FORT.
MAIS CE N'EST RIEN D'AUTRE QU'UN LIEN, UNE FUSION TOTALE.
ET OPPRESSANTE.
CETTE FOIS, C'EST VRAIMENT LA FIN DU CLAN DU KATANA.
TU L'AS DIT...
SILENCIEUSE... TERRÉE DANS L'ABÎME...
LA BÊTE CONTINUAIT À GRANDIR.
LE KATANA EST FICHU.
TRENTE-CINQUIÈME ROUND

TRENTE-CINQUIÈME ROUND

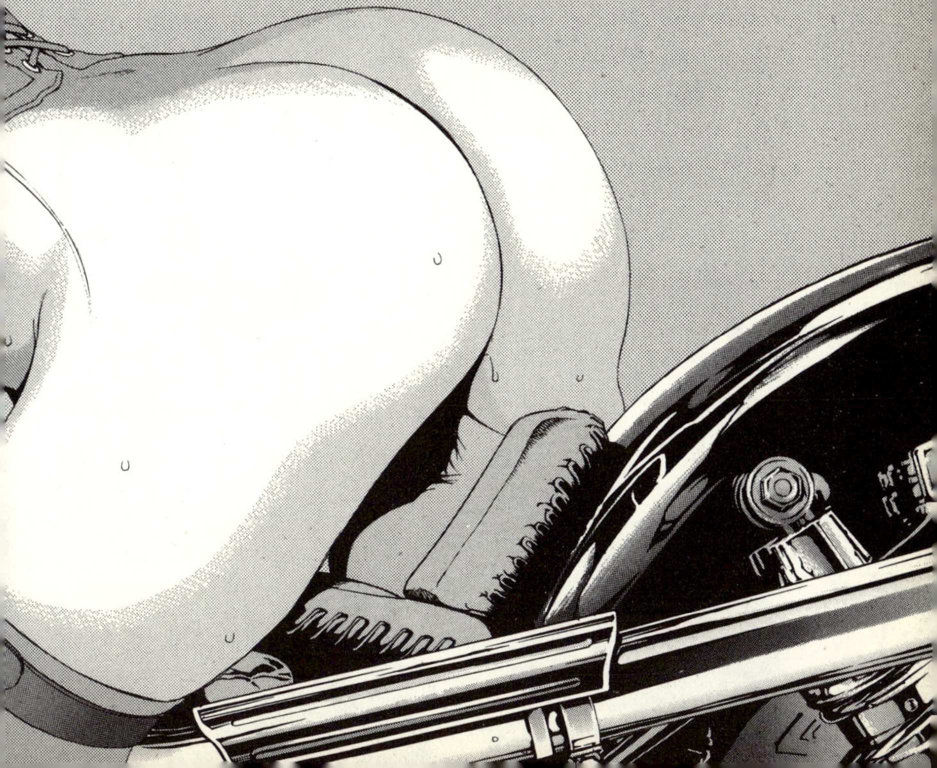

DAN
L'HEURE EST VENUE POUR MOI DE PRENDRE LE COMMANDEMENT DES OPÉRATIONS.
YOSHIKI KATO, ÉTUDIANT DE TROISIÈME ANNÉE ET CHEF DU SECOND CLUB DE KARATÉ.
MM...
J'ATTENDAIS ÇA DEPUIS LONGTEMPS.
MPF !
LEUR CHEF, TAKAYANAGI, EST EN PREMIÈRE ANNÉE...
IL PÈSE PAS LOURD.
ON EST TOUS AVEC TOI !
OUI !
JE NE VOYAIS PAS D'ÉVOLUTION POSSIBLE TANT QU'IL Y AVAIT LE KATANA...
MONTRE-LEUR DE QUOI T'ES CAPABLE, YOSHIKI !
ON A DÛ LE LUI DIRE SOUVENT.
COMMENT PEUT-IL PENSER ÇA ?
MPF.
SHRUSH
SHRUSH
SHRUSH
IL EN A L'AIR CONVAINCU.
ON DIRAIT MÊME QUE ÇA L'AMUSE...
LA CHANCE FAIT PARTIE INTÉGRANTE DE LA FORCE.
MM...

DE QUI ?
UNE RÉUNION SPÉCIALE ?
DU KATANA, PARDI !
À TON AVIS ?
À NEUF HEURES, À L'ENDROIT HABITUEL.
HÉ ! QUE FAITES-VOUS LÀ-HAUT ?
FLIP
ZUUURL
NATSUME... C'EST DANGEREUX.
EN PLUS, ON VOIT TA CULOTTE.
MON FRÈRE M'A CHARGÉE DE TE DIRE...
... QU'ELLE AURA LIEU SAMEDI PROCHAIN...
HÉ, HO ! MAYA...
MAIS QU'EST-CE QUE TU RACONTES ?

... QUE LE CLAN DU KATANA SERA DISSOUS.
IL EST DONC PROBABLE...
PRESQUE TOUS LES MEMBRES VEULENT DÉMISSIONNER.
MAIS IL A INSISTÉ...
... POUR QUE TU VIENNES, MITSUOMI...
IL EST MÊME CONVAINCU QU'À PART LUI, PERSONNE NE VIENDRA À LA RÉUNION...
IL A RIEN DIT D'AUTRE.
C'EST TOUT !
IL A UN TRUC TRÈS IMPORTANT À TE DIRE.

JE...
NON.
JE...
HÉ ! ATTENDS UNE SE-CONDE !
POURQUOI MOI ?!
TRR
TRR
TRR
...
AAAAAAH !!

WOOHH. JE M'APPELLE KATO.
LEQUEL DE VOUS EST MITSUOMI TAKAYANAGI ?
HEIN ?
ÇA SERT À RIEN DE TE CACHER.
...
C'EST TOI ?
VLUP
PAF
AVIS DE DÉFI
N'ESSAIE PAS DE TE DÉROBER.
APRÈS LES COURS, À TROIS HEURES, DERRIÈRE LE GYMNASE.
MPF !
MINCE, IL EST SÉRIEUX ?
OUI, IL EST SÉRIEUX.
J'AURAIS PAS DÛ LE SUIVRE.

ÇA DEVAIT ARRIVER UN JOUR OU L'AUTRE...
C'EST TON PREMIER COMBAT, TA-KAYANAGI...
WHAO, UN DÉFI. TU DEVRAIS ÊTRE CONTENT ! ♡
...
ILS ON'T UN SACRÉ SENS DE L'HUMOUR À L'INSTI-TUT, TU TROUVES PAS ?
!?
TRR
TRR
TRR
TRR

TIENS.
FAIS "AAAAH".
AAHH !
WUP
WUP
SNAP
TUM
AAAHH ! ♥
GRIN
GRIN
...

JE SUIS POURTANT CERTAINE QUE MON BENTO EST BIEN MEILLEUR QUE CELUI DE MAYA.
PUAH
POK
PFF !
SPOK
QU'EST-CE QUE TU PEUX ÊTRE GROSSIER !
STRUSH
BON, JE NE SUIS PAS VENUE ICI POUR M'AMUSER.
J'AI DEUX CHOSES À TE DIRE.
BUNSHICHI EST SORTI DE L'HÔPITAL AUJOURD'HUI.

C'EST UNE VRAIE BÊTE.
TOUT LE MONDE A ÉTÉ SURPRIS PAR LA VITESSE À LAQUELLE IL A RÉCUPÉRÉ.
QUAND IL A ÉTÉ HOSPITALISÉ, IL ÉTAIT BIEN PLUS GRAVEMENT BLESSÉ QUE TOI.
...
ILS T'ONT FAIT MAL, HEIN ? LES COUPS DE POING DE BUNSHICHI, J'ENTENDS.
PAS SEULEMENT PHYSIQUEMENT...
JE ME TROMPE ?
...
T'AS FINI ?
...
TSK.

MES SUPÉRIEURS DISENT QU'ILS ONT TOUTES LES INFOS QU'IL LEUR FAUT...
... POUR ÉTABLIR LE PROFIL DE SHIN NATSUME.
ILS NE VEULENT PLUS DÉPENSER D'ARGENT POUR T'OBSERVER.
LA PÉRIODE DE SUR-VEILLANCE...
... SE TERMINE AUJOUR-D'HUI.
...
ÇA VEUT DIRE QUE JE NE VAUX PLUS RIEN ?
AU-CUNE IDÉE ...
EN TOUT CAS, TU ES LIBRE.
ET MA MISSION...
... EST ENFIN TERMI-NÉE.

POUR TOUT TE DIRE...
QUAND ON M'A CONFIÉ CE RÔLE...
... JE N'ÉPROUVAIS QUE DE LA HAINE ENVERS TOI.
NORMAL.
POUR UNE FILLE DE BONNE FAMILLE COMME MOI...
... CE N'ÉTAIT PAS FACILE DE JOUER LA FIAN-CÉE D'UN "SUJET D'ÉTUDE" COMME TOI.

EN FAIT...
... JE TE TROUVAIS BEAU, MAIS VRAIMENT DÉTESTABLE.
À MES YEUX, TU N'ÉTAIS QU'UN SALE ÉGOÏSTE, IN-CAPABLE DE SE CONTRÔLER.
TA DOUBLE PERSONNALITÉ M'EMPÊCHAIT DE TE COMPRENDRE.
SANS COMPTER QUE...
TU ÉTAIS UN ASSASSIN.

GRAB

DEPUIS QUE JE TE CONNAIS...
... TU N'AS PAS CHANGÉ D'UN IOTA.

OUI...
TU ES RESTÉ LE MÊME...
ET TU NE M'AS JAMAIS COMPRISE.
C'EST MOI QUI AI DÛ ...
CHANGER.
MÊME SI TU NE POSSÈDES PAS L'OEIL DU DRAGON...
... TON ÉGOÏSME T'AVEUGLE...
... ET TU REFUSES LES RAPPORTS HUMAINS.

COUGH

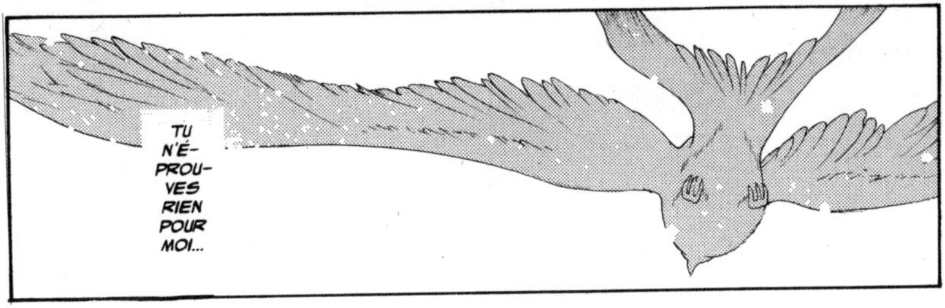
TU N'É-PROU-VES RIEN POUR MOI...

MAIS TU N'ES PAS SEUL..

TU NE PEUX PAS RESTER SEUL
JE SUIS SÛRE QUE TU EN MOURRAIS...
TZAK
JE REVIENDRAI TE VOIR.
EN AMIE, LA PROCHAINE FOIS.
ET JE T'APPORTERAI DES GÂTEAUX.

TZAK
ÉTANT DONNÉ QUE...
... TU N'AIMES PAS MON BENTO.

À TROIS HEURES, DERRIÈRE LE GYMNASE...?
...
SKRUNCH
...
JE NE PEUX PLUS RECULER.
ET MERDE.

MER-DE !
MAIS QU'EST-CE QUI ME PREND ?
VENIR ME CACHER ICI...
JE... JE NE PEUX PAS PERDRE.
BON SANG !
QUIISH
...
GYAA
AAH
ÇA SUFFIT !
JE DOIS RÉAGIR.
JE PEUX LES BATTRE !

MAIS...

WUSH
C'ÉTAIT MOI QU'ILS VOULAIENT ...
QUE...
QU'EST-CE QUE TU AS FAIT ?

TU AS GAGNÉ ?
HEIN ?
JE TE DEMAN-DE...
... SI TU LES AS VAINCUS !?!
!!
JE NE VEUX PAS QUE QUELQU'UN D'AUTRE QUE MOI TE BATTE...
À CAUSE DE CES MINA-BLES, EN PLUS. CE SERAIT VRAIMENT TROP NUL.
ET PUIS ÇA M'EMBÊTERAIT DE TE VOIR TE TRAÎNER COMME UNE LOQUE.
GYAH
ÉCOUTE-MOI BIEN ...
MOI AUSSI...

J'ENTENDS LA VOIX D'UNE BÊTE EN MOI.
...!!
WUP

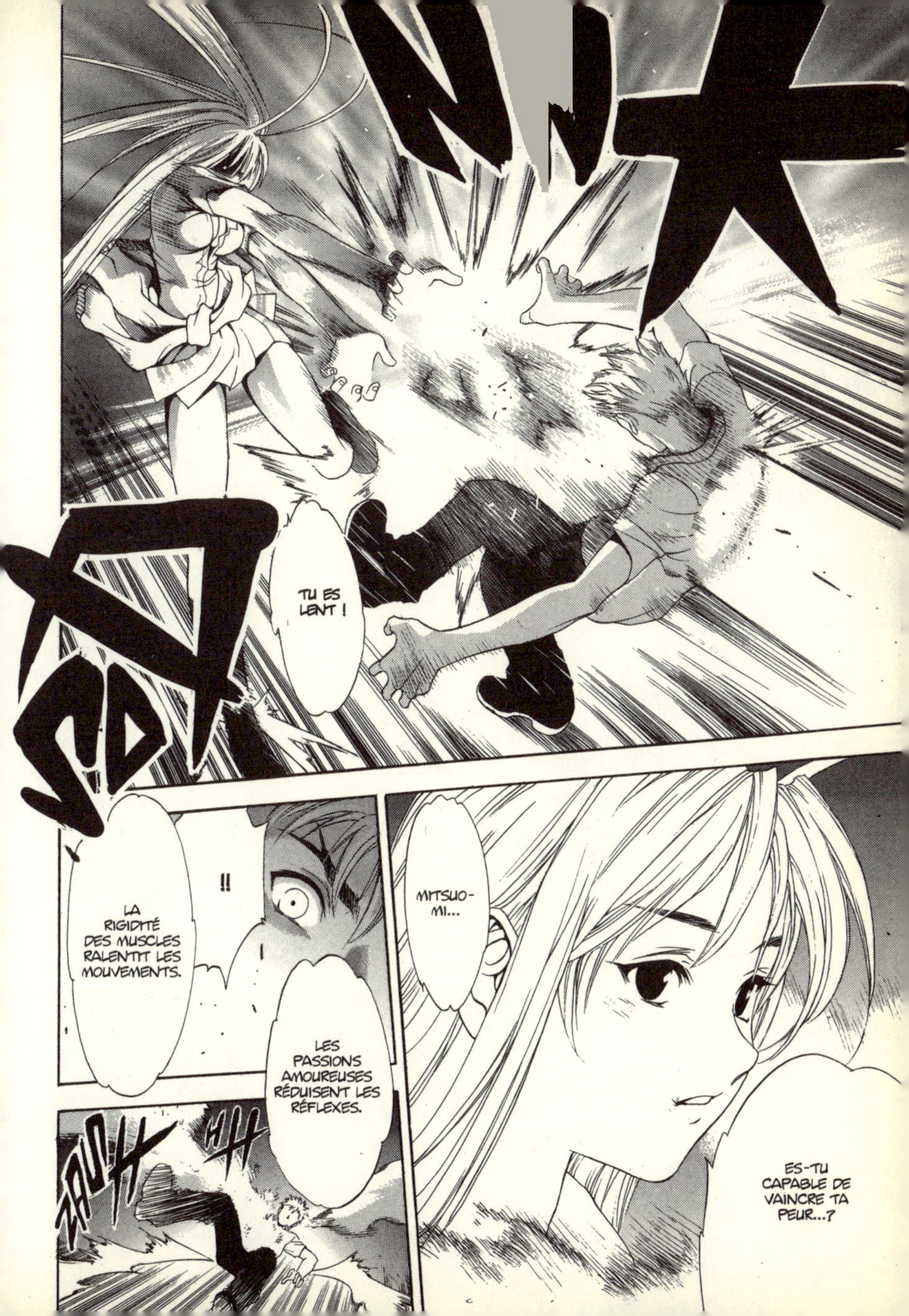
TU ES LENT !
MITSUOMI...
!!
LA RIGIDITÉ DES MUSCLES RALENTIT LES MOUVEMENTS.
LES PASSIONS AMOUREUSES RÉDUISENT LES RÉFLEXES.
ES-TU CAPABLE DE VAINCRE TA PEUR...?

OU BIEN...
TU ES JUSTE EN TRAIN DE COMMETTRE UNE SÉRIE D'ERREURS ?

COMMENT ÇA ?!
OÙ TU VEUX EN VENIR ?
EN CHACUN DE NOUS...
... SOMMEILLE UNE BÊTE.
LA MIENNE SE NOURRIT DE MES ÉMOTIONS.
SANS RELÂCHE...
ELLE RUGIT, SOUFFLE ET SE DÉMÈNE...
MAIS C'EST PEUT-ÊTRE ÇA, MA VRAIE NATURE.

TU TE SOUVIENS DES COUPS DE POING QUE TU DONNAIS DANS LE VIDE DANS LA SALLE DE GYM ?
TU DISAIS QUE C'ÉTAIT PAS DES VRAIS COUPS DE POING.
J'AIME LA PURETÉ DU SON QUE TU PRODUIS. TU N'APPARTIENS PAS À UNE FAMILLE DE GUERRIERS.
MOI, J'AIMAIS BIEN ÇA.
TES COUPS DE POING SONT CEUX DU DESTIN.
JE LES TROUVE RASSURANTS.

TRENTE-SIXIÈME
ROUND

...
SHIN...
C'EST QUOI CETTE HISTOIRE DE RÉUNION ?
ET POURQUOI AS-TU INSISTÉ POUR QUE JE VIENNE ?
TU SAIS...
ÇA M'EST REVENU D'UN SEUL COUP.
TU ES LE SEUL QUE J'AIE PAS MASSACRÉ...

AAAAAAAAAH !!
GUAH
NNNNNNNNNN
UUUUM
MITSUOMI...
ET QUE VOUS AVEZ FAIT L'AMOUR...
AH !
MITSUO-MI...
JE SAIS QUE TU AS FAIT LES YEUX DOUX À MAYA...
AH !
WAH !
AH !
AH !
GRAB
MISTUOMI !
AH !

MAIS ?!
PROFESSEUR SHITAKE ?
AH...
...
WOOOOOOOOOO
PUM
PUM
PUM
SHRICH
PUM
MAIS VOUS PENSEZ BIEN QUE LES ENSEI-GNANTS DE CET INSTITUT NE SONT PAS DES PROFESSEURS ORDINAIRES...
PARFAIT, MONSIEUR TAKAYANAGI. VOUS ÊTES PLUTÔT COSTAUD, À CE QUE JE VOIS.
NON... C'EST QUE...
AH...
JE SUIS DÉSOLÉ.
MAIS JE PARIE QU'IL N'Y AURA PERSONNE, À PART SHIN ET...
... MOI.
AU-JOUR-D'HUI, C'EST JEUDI.
LA RÉUNION A LIEU APRÈS-DEMAIN.

EN VÉRITÉ...
J'AI PAS DU TOUT ENVIE D'Y ALLER.
LE RÊVE QUE J'AI FAIT...
C'ÉTAIT SÛREMENT UN RÊVE PRÉ-MONITOIRE.
!!
TIENS... ELLE VA OÙ ?
JE ME DEMANDE SI ELLE ASSISTE AUX COURS PARFOIS...

KUZUNOHA ? MAIS POURQUOI...
NON... C'EST IMPOSSIBLE...
C'EST POURQUOI LE DAI-TORYU...
ZWIIN
ZWIIN
POURQUOI ?
QU'EST-CE QUE J'AI À VOIR LÀ-DEDANS ?
...

ÇA FAISAIT LONGTEMPS QUE J'AT-TENDAIS QUE...
.... TU T'INS-CRI-VES...
JE NE COM-PRENDS PAS.
J'AIMERAIS QUE TU VIENNES SEUL...
POURQUOI MOI ?!!
POURQUOI MOI ?
WHOP

BELLE JOURNÉE, TU NE TROUVES PAS ?
WOOSH
...
QU'EST-CE QUE TU VEUX ?
JE SUIS DÉSOLÉE DE T'AVOIR FAIT VENIR À L'IMPROVISTE...
C'EST RIEN ...
J'AVAIS L'INTENTION DE SÉCHER DE TOUTE FAÇON...
MM ?
NE ME DIS PAS QUE TU ES STUPIDE AU POINT DE NE PAS COMPRENDRE LES CHOSES SANS QU'ON TE LES ÉNONCE.
TU NE LE SAIS PAS ?

PATCH!
MAIS JE N'AI AUCUNE RAISON DE ME BATTRE AVEC TOI !
SI TU ME PRO-VOQUES, JE VAIS ÊTRE OBLIGÉE DE RÉAGIR !
FLIP
TU RESPIRES LA JOIE DE VIVRE, DIS DONC.
MPF !

AH...
LES VOILÀ.
IL Y A UN PETIT MOMENT, OUI.
ELLES ONT DÛ PASSER PAR ICI...
IL Y A TROIS ANS, C'EST MOI QUI AI SUGGÉRÉ À SHIN DE CONSTITUER LE KATANA.
MAIS EN RÉALITÉ, LA FAMILLE TAKAYANAGI AVAIT INSISTÉ POUR QU'ON RECUEILLE DES INFORMATIONS EXTRA-SCOLAIRES.
ÉVIDEMMENT, JE PENSE QU'IL L'AVAIT COMPRIS AUSSI.
COMME TU PEUX LE CONSTATER, LE MOBILE APPARENT EST VRAIMENT STUPIDE.
ON VENAIT JUSTE DE COMMENCER À LE SURVEILLER, ET LES JOURNÉES ÉTAIENT MONOTONES.
...
MAIS ...
SWIP

CONTRE TOUTE ATTENTE, SHIN ÉTAIT HEUREUX.
UN JOUR, IL A TROUVÉ UNE VIEILLE MOTO, JE NE SAIS OÙ, ET IL L'A RAMENÉE CHEZ LUI POUR LA RÉPARER.
C'EST À CE MO-MENT-LÀ...
... QU'IL A COM-MENCÉ À CHANGER.
IL M'A PARLÉ DU JOUR OÙ LE MOTEUR AVAIT ENFIN DÉMARRÉ.
ET DE SON EXPÉDITION A VEC BUNSHICHI POUR TROUVER LES PIÈCES DE RECHANGE.
IL AVAIT VRAIMENT L'AIR...
... D'UN LYCÉEN TOUT CE QU'IL Y A DE PLUS NORMAL.

PUIS UNE NUIT, IL S'EST ÉMERVEILLÉ DEVANT UNE PHALÈNE QUI CHERCHAIT DE LA LUMIÈRE...
MAIS IL Y AVAIT LÀ UNE AUTRE SOURCE DE LUMIÈRE.
AU DÉBUT, ELLE ÉTAIT FAIBLE...
PUIS TOUT DOUCEMENT...
... LA FLAMME EST DEVENUE PLUS INTENSE.
CETTE FLAMME, C'ÉTAIT EN FAIT TOUS SES "AMIS"...

MAIS BIEN SÛR...
NON, TU NE VOIS PAS ?
ALORS ?
TU COMPRENDS POURQUOI JE N'AI RIEN DIT, MÊME À BUNSHICHI ?
ET SI...
SHIN N'AVAIT PAS VOULU NOUS EN-TRAÎNER...
... DANS CE MONDE DE MORT ET DE SANG ?

TOI...
... ET TA CHASSE AU CLAN DU KATANA...
TU AS TOUT FAIT FOIRER.
SI TU N'AVAIS PAS COMMIS UNE TELLE BÊTISE...
... IL N'AURAIT PAS TRAHI SES AMIS.

IL SE SERAIT CONTENTÉ DE CETTE PETITE LUMIÈRE...
... QUI BRILLAIT DANS LA NUIT !
... N'IMPORTE QUOI.
TU RACONTES...
VSHHH
... MON FRÈRE SE SERAIT JETÉ DEDANS, SANS HÉSITER.
LA LUMIÈRE ET L'OBSCURITÉ ONT LA MÊME ORIGINE.
MAIS SI SEULES LES TÉNÈBRES AVAIENT EXISTÉ...

NON ?
APRÈS TOUT, DANS LA VIE...

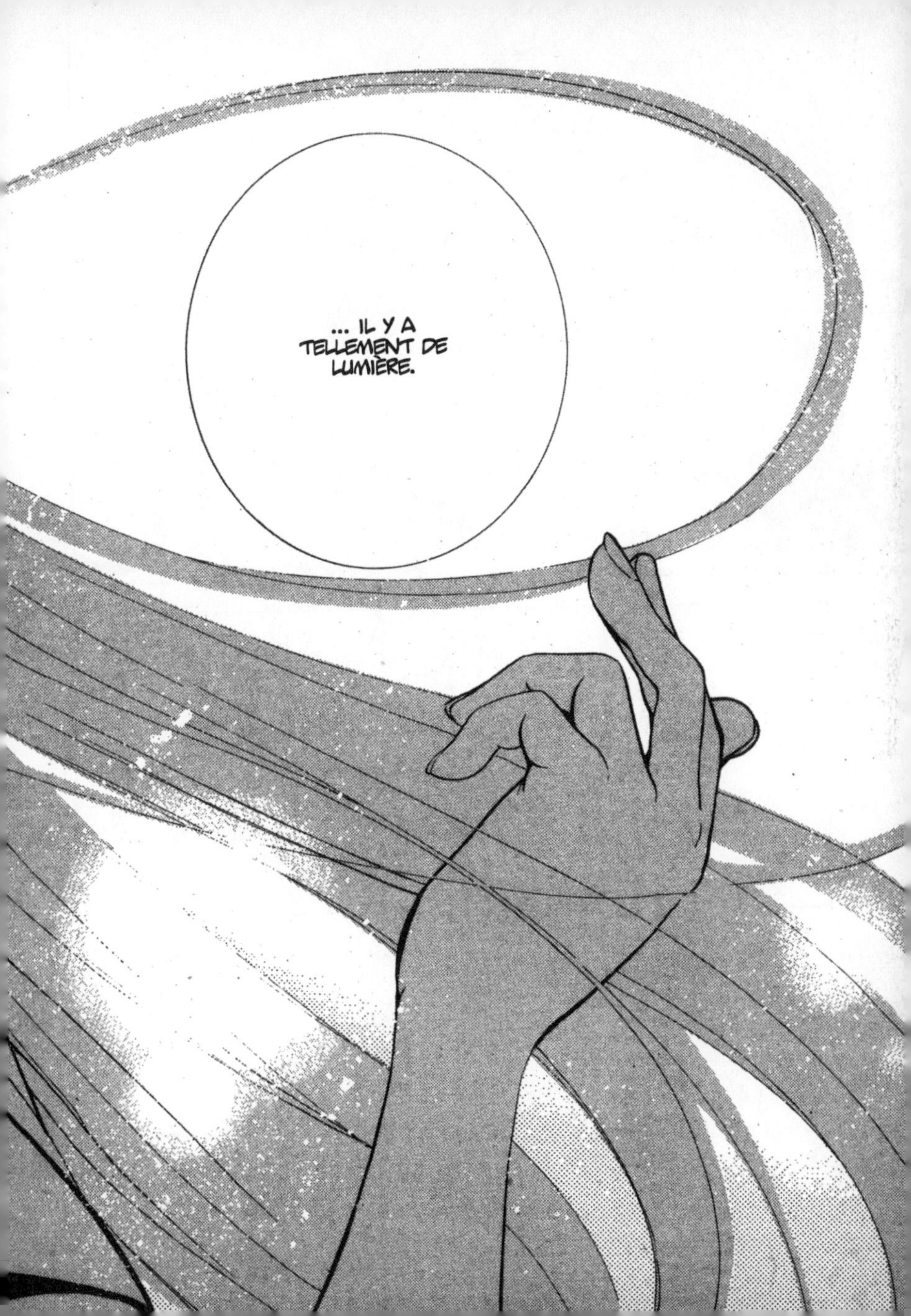
... IL Y A TELLEMENT DE LUMIÈRE.

SHIN MANQUE VRAIMENT DE BON SENS.
SINON IL AURAIT TOUT FAIT...
... POUR GARDER PRÈS DE LUI, DEUX FILLES BIEN COMME NOUS.

HÉ ! ON PEUT SAVOIR CE QUE TU FAIS ?
HEIN ? RIEN.
JE ME DE-MANDAIS JUSTE SI PLUS ON EST CORIA-CE, PLUS ON A DE FANS.
...
TIENS, JE TE L'AI ÉPLUCHÉE, SHIN.
MANGE.
C'EST QUOI CE DÉLIRE ?
TU CROIS QUE JE VAIS BOUFFER UNE PATATE CRUE ?
STLACK
GYUU
TU LA PRÉ-FÈRES PEUT-ÊTRE EN JUS ?
...

BUNSHI-CHI...
SWITCH
QU'EST-CE QUE TU ES VENU FAIRE ICI ?
RENDRE VISITE À UN AMI.
UN AMI ?!
T'ES DÉBILE OU QUOI ?
J'AI JAMAIS ENTENDU UN TRUC PAREIL.
T'AURAIS PRÉFÉRÉ QUE JE VIENNE PAS ?
PISSH
ÇA S'ARRANGE PAS !
ALORS JE COMPTE VRAIMENT POUR TOI ?
I LOVE YOU...
ME DIS PAS QUE TU ES SÉRIEUX, LÀ !

AH...
EN VÉRITÉ, J'AI QUELQUES QUESTIONS À TE POSER. ET TU VAS Y RÉ-PONDRE, DE GRÉ OU DE FORCE.
ZWINN
ZWIN
ZWIN
MAIS POUR-QUOI...
... N'AS-TU CONVOQUÉ QUE MIT-SUOMI ?
LA RÉU-NION...
... A LIEU SAMEDI.
POURQUOI TU VEUX DISSOUDRE LE KATANA ?
T'AS MÊME PLUS DE MOTO.
ET VU L'ÉTAT DE TES JAMBES, TU PEUX RIEN FAIRE.
POURQUOI TU M'AS RIEN DIT ?
ET MOI ?
SKRIPP

JE SUIS DÉSOLÉ ...
...
T'AS VU...?
STRUSH

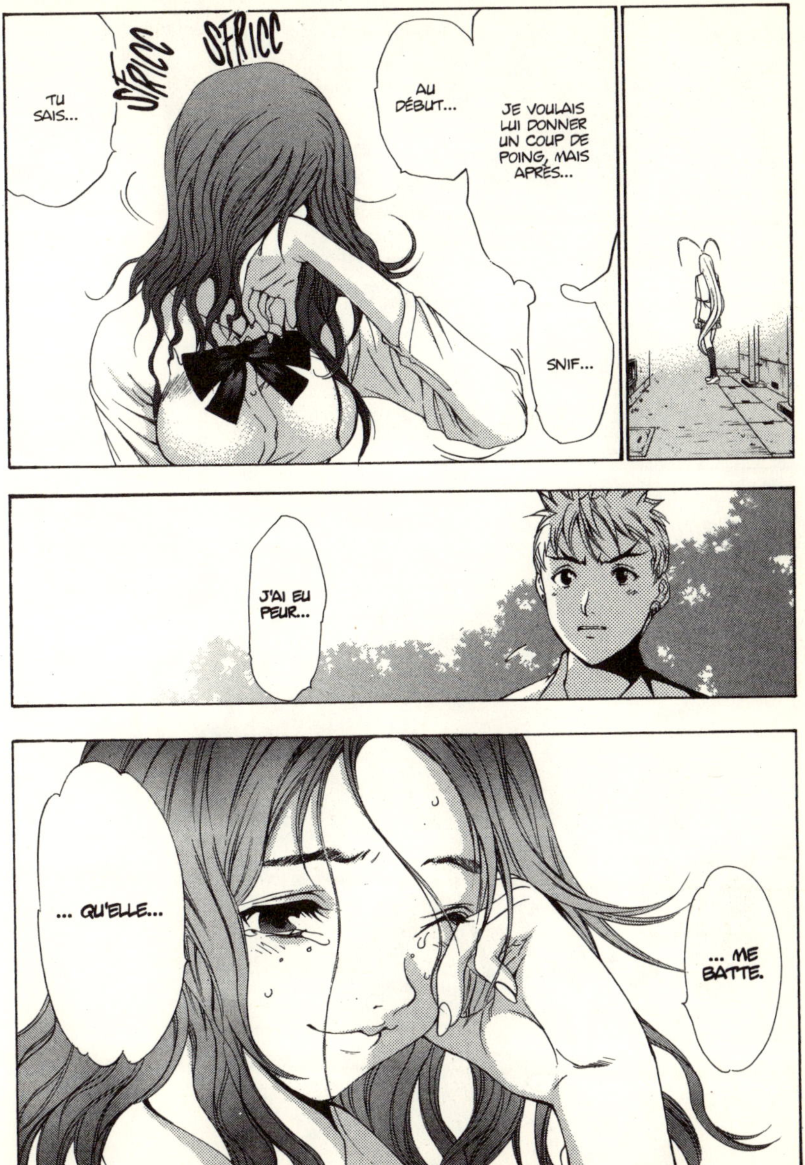
TU SAIS...
SFRICC
SFRICC
AU DÉBUT...
JE VOULAIS LUI DONNER UN COUP DE POING, MAIS APRÈS...
SNIF...
J'AI EU PEUR...
... ME BATTE.
... QU'ELLE...

YUKI
GUITAR HOTEL TOKYO
QUAND J'Y PENSE...

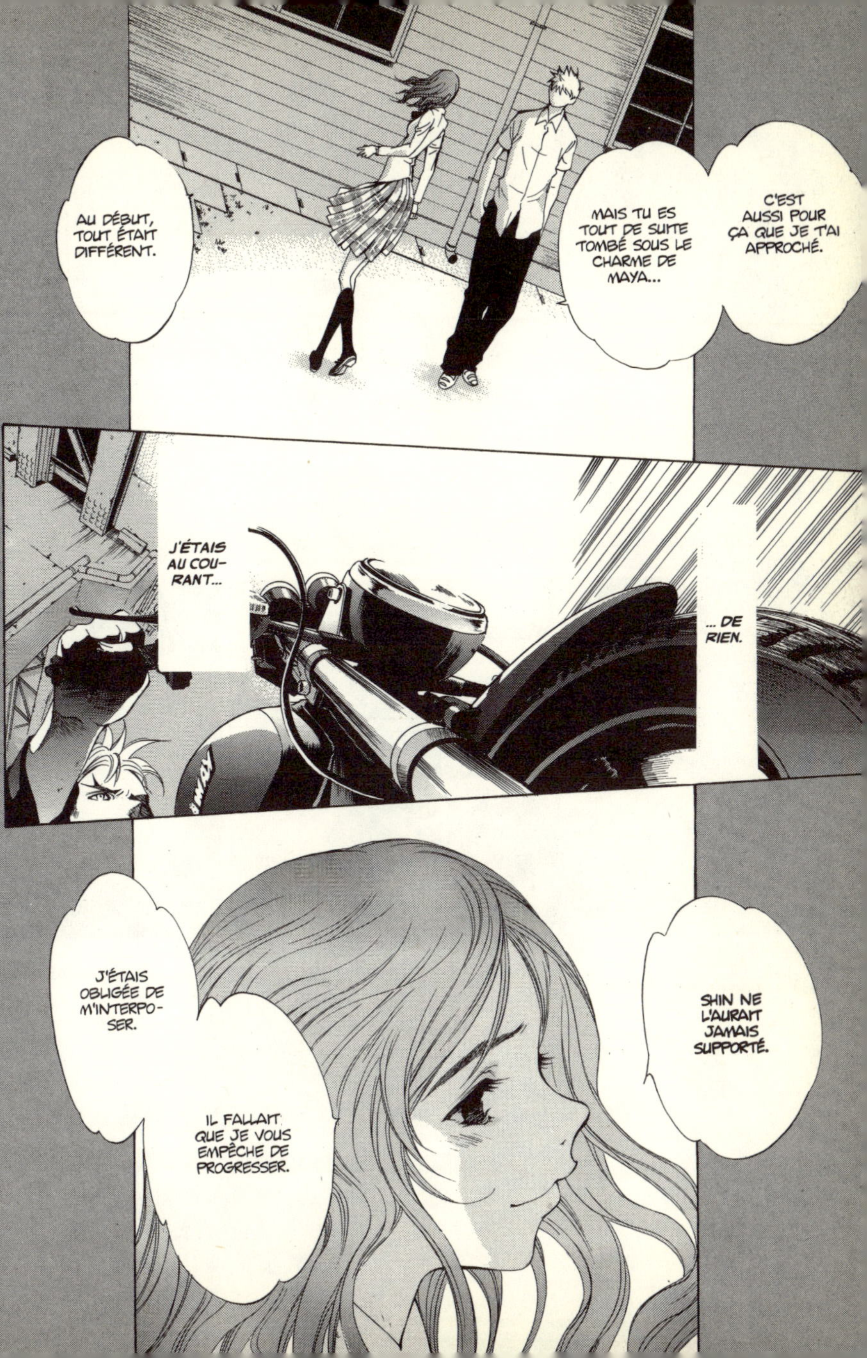
AU DÉBUT, TOUT ÉTAIT DIFFÉRENT.
MAIS TU ES TOUT DE SUITE TOMBÉ SOUS LE CHARME DE MAYA...
C'EST AUSSI POUR ÇA QUE JE T'AI APPROCHÉ.
J'ÉTAIS AU COURANT...
... DE RIEN.
J'ÉTAIS OBLIGÉE DE M'INTERPOSER.
IL FALLAIT QUE JE VOUS EMPÊCHE DE PROGRESSER.
SHIN NE L'AURAIT JAMAIS SUPPORTÉ.

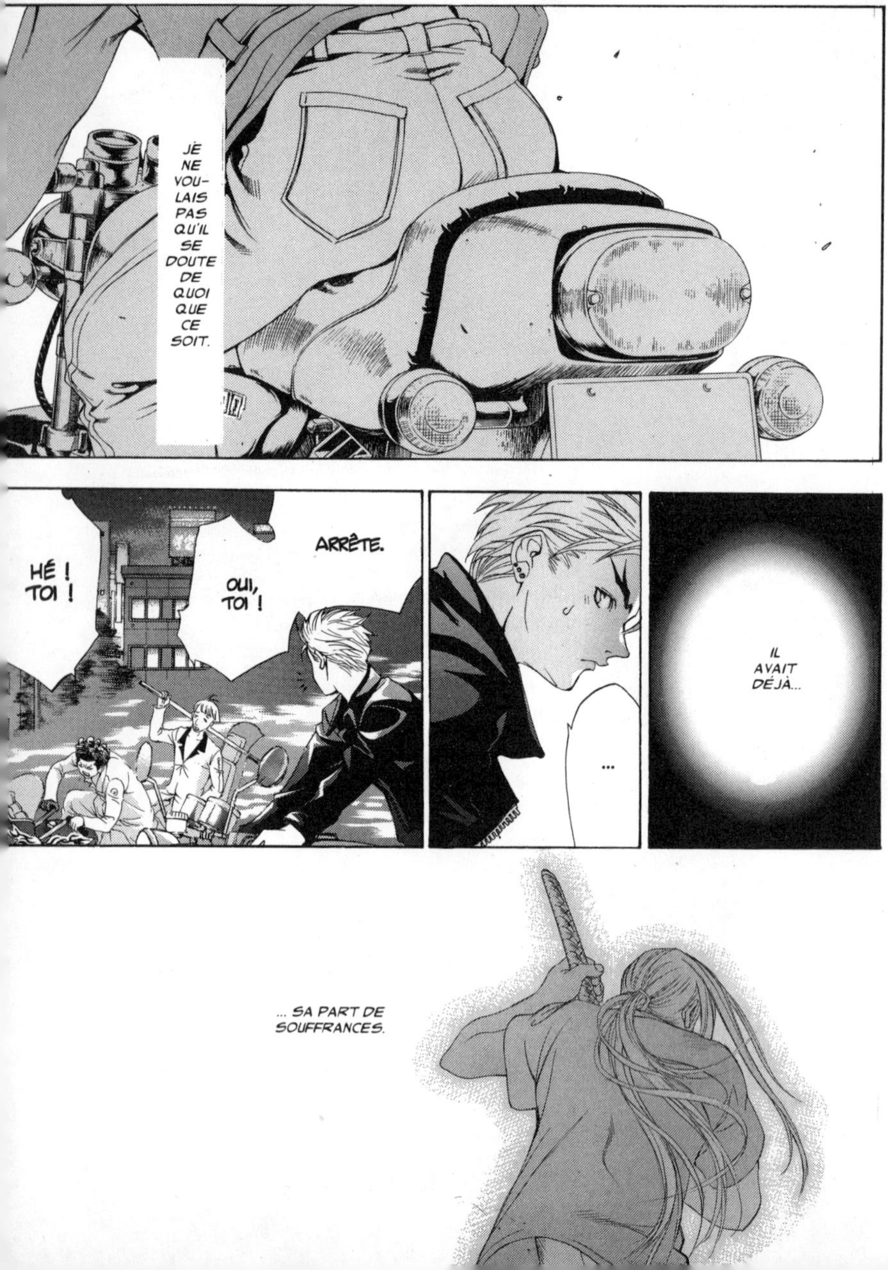

JE NE VOULAIS PAS QU'IL SE DOUTE DE QUOI QUE CE SOIT.
IL AVAIT DÉJÀ...
...
ARRÊTE.
OUI, TOI !
HÉ ! TOI !
... SA PART DE SOUFFRANCES.

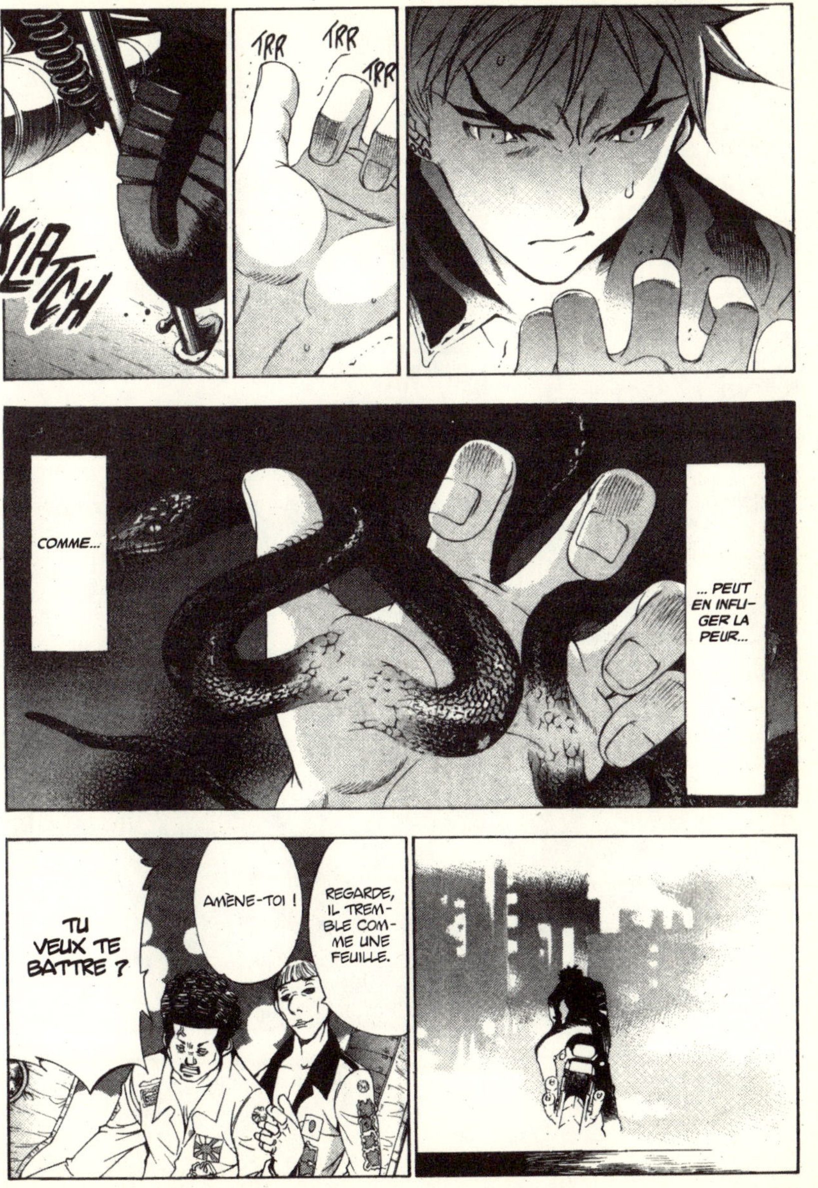

TRR
TRR
TRR
KLATCH
COMME...
... PEUT EN INFLIGER LA PEUR...
REGARDE, IL TREMBLE COMME UNE FEUILLE.
AMÈNE-TOI !
TU VEUX TE BATTRE ?

PFF...
MAIS...
JE SUIS IMPARDONNABLE...
HÉ ! TOI !!
MPF !
QU'EST-CE QUE JE PEUX FAIRE ?
QU'EST-CE QUE JE PEUX FAIRE TOUT SEUL ?
MAIS QU'EST-CE QU'IL A ?
HÉ ?

MAIS C'EST PEUT-ÊTRE ÇA, MA VRAIE NATURE.
ELLE RUGIT, SOUFFLE ET SE DÉMÈNE...
OUAIS !
IL N'Y A PLUS DE TEMPS À PERDRE...
MITSUOMI TAKAYA-NAGI !!

TU DOIS VAIN-CRE TA PEUR !
SHAA
CRIC

TLIC

CET HOMME...
SALUT.
SALUT.
ET MOI !

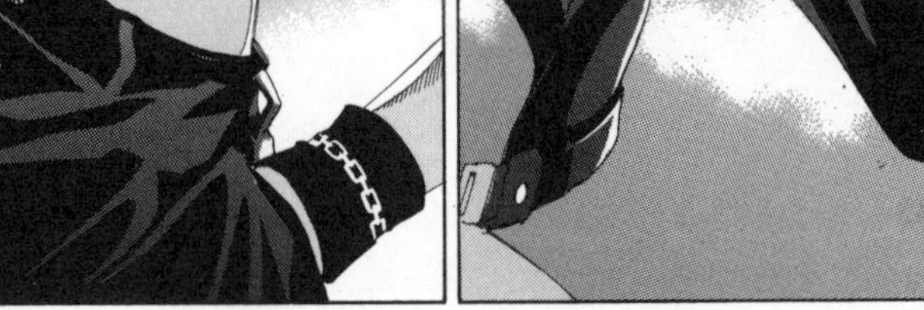
TRR TRR
C'ÉTAIT ...
... UNE BÊTE ... ... CE TYPE.

TRENTE-SEPTIÈME ROUND
MITSUOMI, À COMBIEN PENSES-TU POUVOIR MONTER ?
ON EST À UNE DIZAINE DE KILOMÈTRES DE LA BAIE.
EN ROULANT TRANQUILLEMENT, ON PEUT Y ÊTRE EN VINGT MINUTES.
TU ES VRAIMENT SÛR DE GAGNER, MITSUOMI ?
T'ES QU'UN DÉGONFLÉ.
J'EN SAIS RIEN, MAIS J'Y SERAI AVANT TOI, SHIN.
TU PARIES ?

9
100
120
140
160
180
200
220

AH ...
AH AH !
LA RÉUNION DU KATANA...
... N'A RIEN À VOIR AVEC LES COURSES DE MOTOS, OÙ LE SEUL OB-JECTIF EST DE ROULER À PLEINS GAZ EN FAISANT LE MAXIMUM DE BRUIT.
ICI, LE GAGNANT EST CELUI QUI ARRIVE LE PREMIER.

LE SECRET, C'EST D'AVOIR DES NERFS D'ACIER ET DE FONCER...
ET UNE FOIS QU'ON ROULE À PLUS DE 150, LE MONDE SEMBLE DIFFÉRENT.
LES VOITURES SEMBLENT IMMOBILES...
BAAAN
STRISH
MA MOTO FEND L'AIR...
LE VENT HURLE AUTOUR DE MOI...
ET PUIS...
COMMENT SE FAIT-IL...
... QUE J'ENTENDE SA VOIX ?
MITSUOMI !!

TU Y CROIS, TOI, À CE MYTHE SELON LE-QUEL...
... LES HOMMES NAISSENT LIBRES ET ÉGAUX ?
MOI, JE PENSE QUE C'EST DU FLAN...
DÈS LA NAISSANCE, NOTRE DESTIN EST DÉJÀ TOUT TRACÉ.
TOI PAR EXEMPLE, TU ES L'AÎNÉ DES ENFANTS TAKAYANAGI.
MOI... JE DOIS DOMINER MA FOR-CE...

...
BAH...
AU MOINS, ON EST LIBRES DE S'HABILLER COMME ON VEUT.
AH AH !
QUELLE CHANCE !
POUR SUIVRE CETTE CONVERSATION À BÂTONS ROMPUS...
... IL FAUT POUVOIR ROULER À LA MÊME VITESSE QUE NOUS.
VOILÀ...
ON Y EST, MITSUOMI...
JE...
... SUIS TOUT LE TEMPS RESTÉ DERRIÈRE LUI.

SPREE
VRRR
AH ?!

...
J'AI TOUJOURS PENSÉ QUE SI JE N'AVAIS PAS DOMINÉ MA FORCE, QUELQU'UN M'AURAIT ARRÊTÉ.
ÊTRE SOUS LE JOUG DES TAKAYA-NAGI...
MAIS EN HUIT ANS... PERSONNE N'A JUGÉ BON D'INTERVENIR.
...

SHIN...
JE ME DEMANDE SI JE...
MITSUOMI...
LUI...
IL A TOUJOURS COMBATTU SEUL...
... EN NE COMPTANT QUE SUR SA PROPRE FORCE.
POURQUOI TU ME LAISSES PAS PASSER DEVANT ?

CETTE NUIT-LÀ, J'AI ENFIN COMPRIS...
S'IL AVAIT PERDU CETTE BATAILLE...
... JE L'AURAIS DOMINÉ UNE FOIS POUR TOUTES.
IL VOULAIT QU'IL EN SOIT AINSI.

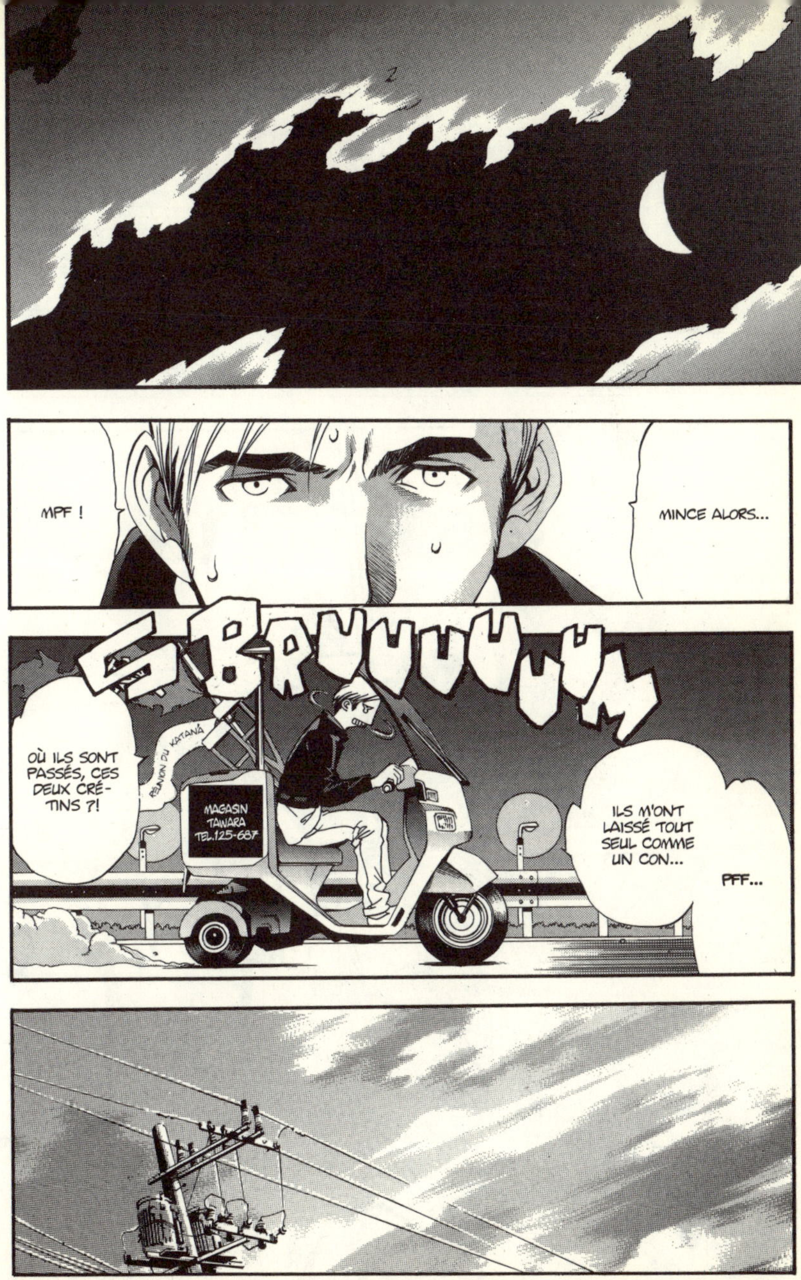
MPF !
MINCE ALORS...
SBRUUUUUUM
OÙ ILS SONT PASSÉS, CES DEUX CRÉ-TINS ?!
RÉUNION DU KATANA
MAGASIN TAWARA TEL.125-687
ILS M'ONT LAISSÉ TOUT SEUL COMME UN CON...
PFF...

POFF
AWN
TIRONS-NOUS !

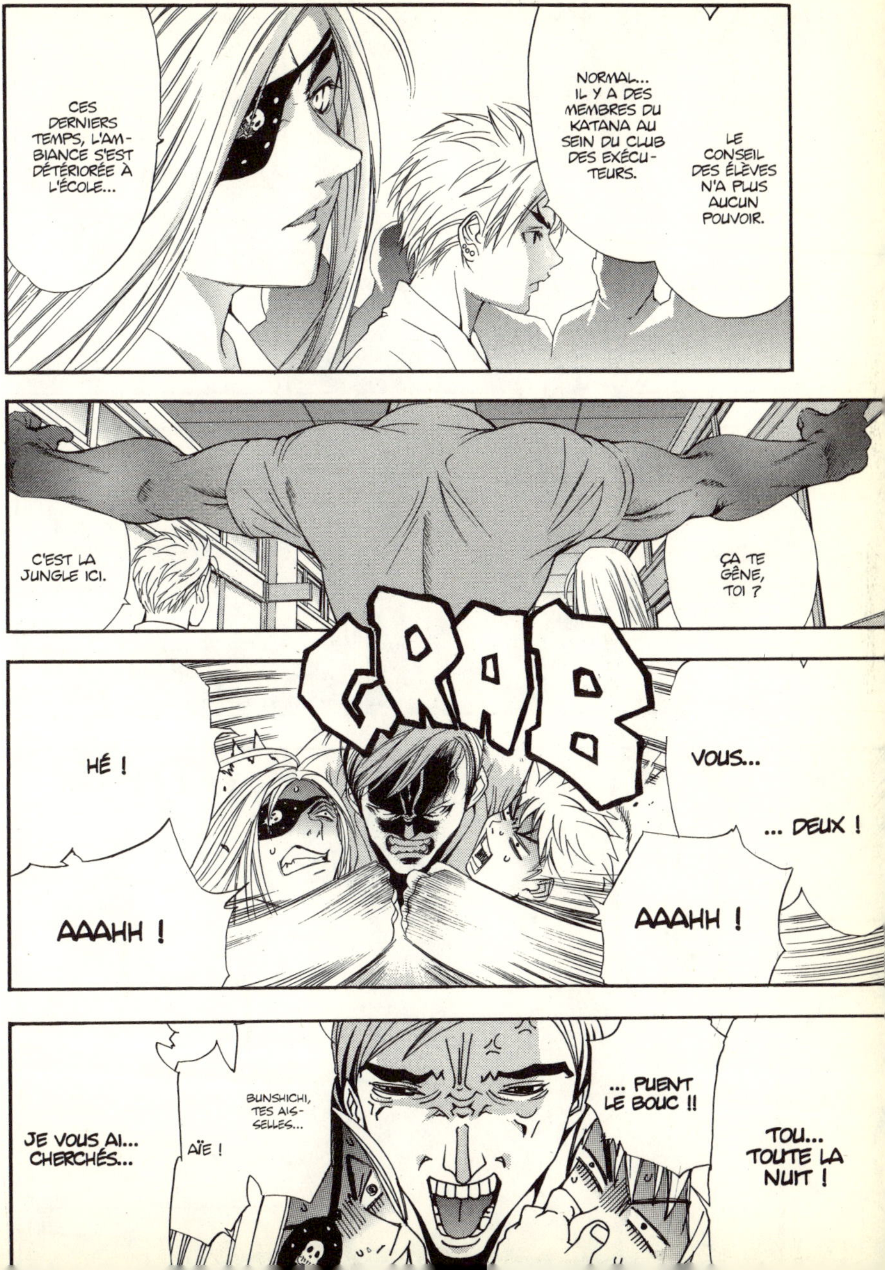
CES DERNIERS TEMPS, L'AMBIANCE S'EST DÉTÉRIORÉE À L'ÉCOLE...
NORMAL... IL Y A DES MEMBRES DU KATANA AU SEIN DU CLUB DES EXÉCUTEURS.
LE CONSEIL DES ÉLÈVES N'A PLUS AUCUN POUVOIR.
ÇA TE GÊNE, TOI ?
C'EST LA JUNGLE ICI.
CRAB
VOUS...
... DEUX !
HÉ !
AAAHH !
AAAHH !
TOU... TOUTE LA NUIT !
JE VOUS AI... CHERCHÉS...
... PUENT LE BOUC !!
BUNSHICHI, TES AISSELLES...
AÏE !

ON DIRAIT QU'IL SONT EN TRAIN DE RÉGLER LEURS COMPTES...
JE CROYAIS QU'ILS ÉTAIENT DEVENUS COPAINS, CES TROIS-LÀ !
PLIC
PLIC
FLOK
JE VAIS VOUS ASPHYXIER SOUS MES AISSELLES !
VOUS MÉRITEZ UNE BONNE CORRECTION !
PATCH
PATCH
PATCH
GYAH
AAAH
FLUP
J'AI FAIT 50 POMPES EXPRÈS POUR BIEN TRANSPIRER.
SHIN EST ICI.
IL EST SÛREMENT VENU RAMPER DEVANT NOUS.
MPF !
CE LOSER !
YOSHIKI KATO (TROISIÈME ANNÉE), CHEF DU SECOND CLUB DE KARATÉ.

MPF !
HEUREUX LES IMBÉCILES...
... ET LES INNOCENTS.
MON OEIL !
JE SUIS INCONTESTABLEMENT PLUS FORT QU'EUX.
QUEL NAZE ...
C'EST PAS TOI LE TYPE QUI S'EST FAIT SONNER PAR MAYA ?
BUNSHICHI EST BLESSÉ.
ET TAKAYANAGI EST UNE MAUVIETTE.
SHIN VIENT À PEINE DE DISSOUDRE LE KATANA. IL NE POURRA PAS RASSEMBLER QUATRE COMBATTANTS.
AVEC QUATRE AUTRES INDIVIDUS, ON DOIT COMBATTRE LES GROUPES DE PRÉTENDANTS.
POUR CONNAÎTRE LA GLOIRE DANS CET INSTITUT, IL FAUT DEVENIR LE CHEF DU CLUB DES EXÉCUTEURS.
UMPF !
QUOI ?!
GLOM
NATSUME N'A PAS PERDU DE TEMPS...
LE KATANA À PEINE DISSOUS, IL EST DÉJÀ EN TRAIN DE CONSTITUER UN NOUVEAU GROUPE...
OH ! YEAH !
ET MOI QUI VIENS À PEINE D'ARRIVER, JE VAIS DEVENIR LE ROI DU MONDE !
YES !!
SHIN NE POURRA PAS PARTICIPER !
À CE PROPOS...

ARRÊTE DE DIRE N'IMPORTE QUOI...
C'EST POURTANT CE QU'ON RACONTE...
MÊME QUE CETTE FOIS, IL S'AGIRAIT D'UN CLUB QUI EX-CELLE DANS TOUTES LES DISCIPLINES DE COMBAT.
MPF !
MPF...
BAH, IL NE FERA PAS DE MI-RACLES...
... VU LE TEMPS QUI LUI RESTE.
ET PUIS...
SI J'AI BIEN CAPTÉ, CE GROUPE VA S'APPELER LE...

柔剣部
* CLUB DE JUNKEN

SWOOP
* SHIN NATSUME
** PRÉSIDENT
SWIP
MITSUOMI !!
*** MITSUOMI TAKAYANAGI
...

俵文七 *
VOUS AVEZ JUSTE BESOIN DE MON NOM, C'EST ÇA ?
POUR TOUT TE DIRE, J'AI PAS ENVIE DE METTRE MA VIE EN DANGER POUR CE CLUB.
JE SUIS ENCORE ÉCLOPÉ.
* BUNSHICHI TAWARA
DE TOUTE FAÇON, ON VA GAGNER SANS PROBLÈME.
JE TE RAPPELLE QUE JE VOUS PRÊTE JUSTE MON NOM.
N'IMPORTE QUI FERA L'AFFAIRE.
NON.
T'AS QUELQU'UN EN TÊTE ?
IL MANQUE ENCORE DEUX PERSONNES.
T'ES QU'UN FRIMEUR.
COMME D'HAB...
CRICK

THMP

TUMP
TUMP
TUMP
... CETTE SALLE EST DÉJÀ OCCUPÉE PAR LE PREMIER ET LE SECOND CLUBS DE KARATÉ.
KENJIRO IWAKI (TROISIÈME ANNÉE), VICE-PRÉSIDENT DU PREMIER CLUB DE KARATÉ.
MAIS...
NATSUME... J'AI ENTENDU DIRE QUE VOUS MONTIEZ UN CLUB.

TU CONNAIS LES RÈGLES DE L'INSTITUT, NON ?
ALLEZ, RÉPONDS !
ALORS, DIS-MOI UN PEU OÙ TU COMPTES PENDRE CETTE ENSEIGNE ?
MM...
FERME-LA, IWAKI !
AH AH !
柔剣
C'EST VOUS QUI CHERCHEZ LA BAGARRE.
PARLE POUR TOI ! MOI, JE VEUX PAS ME BATTRE.
CINQUANTE CONTRE NOUS TROIS, PARFAIT ! QU'EST-CE QUE VOUS ATTENDEZ ?

CET ENDROIT EST ET RESTERA LE PARADIS DES COMBATS.
SI CETTE ENSEIGNE NE VOUS PLAÎT PAS, VENEZ LA CHERCHER.
SINON, ON OCCUPE CETTE SALLE DE FORCE !
JE PEUX LE TUER ?
VAS-Y, TE GÊNE PAS !
OOH

DIRECT KIN BEAM.
SUPER DANGEROUS KILLER STRIKE.
FRISSH
ZYASSH
FRISSH
FRISSH

GYAAH
VOUS N'ALLEZ QUAND MÊME PAS VOUS FAIRE MASSACRER SOUS MES YEUX ?!
ÇA VA PAS, NON ?!
SPOKK
AAAH
HÉ, VOUS ! AU LIEU DE RESTER PLANTÉS LÀ, FAITES QUELQUE CHOSE !
SPOKK
FOUTEZ-LUI UNE RACLÉE !
RENTREZ-LUI DANS LE CHOU !
SPUKK
PUNCH
SPUKK

* PREMIER CLUB DE KARATÉ
** CLUB DE JUNKEN

...
UN JOUR...
... J'AI DÉCLARÉ QUE JE NE VOULAIS PAS AFFRONTER SHIN, MAIS...
... C'ÉTAIT FAUX.
EN RÉALITÉ...
J'EN RÊVE DEPUIS TOUJOURS.

...
MES MAINS TREMBLENT ENCORE...
... MAIS PAS DE PEUR.
HÉ ! HÉ...
C'EST L'EXCITATION DES COMBAT-TANTS.
TU COMPRENDS CE QUE JE RESSENS ?
NON...
C'EST L'ÉMOTION.
EH BIEN...
T'AS PAS BIENTÔT FINI ?!
TU DORS PAS, HEIN ?
ÇA M'AR-RANGERAIT QUE TU LA FERMES UN PEU !!
J'ARRIVE PAS À DORMIR.

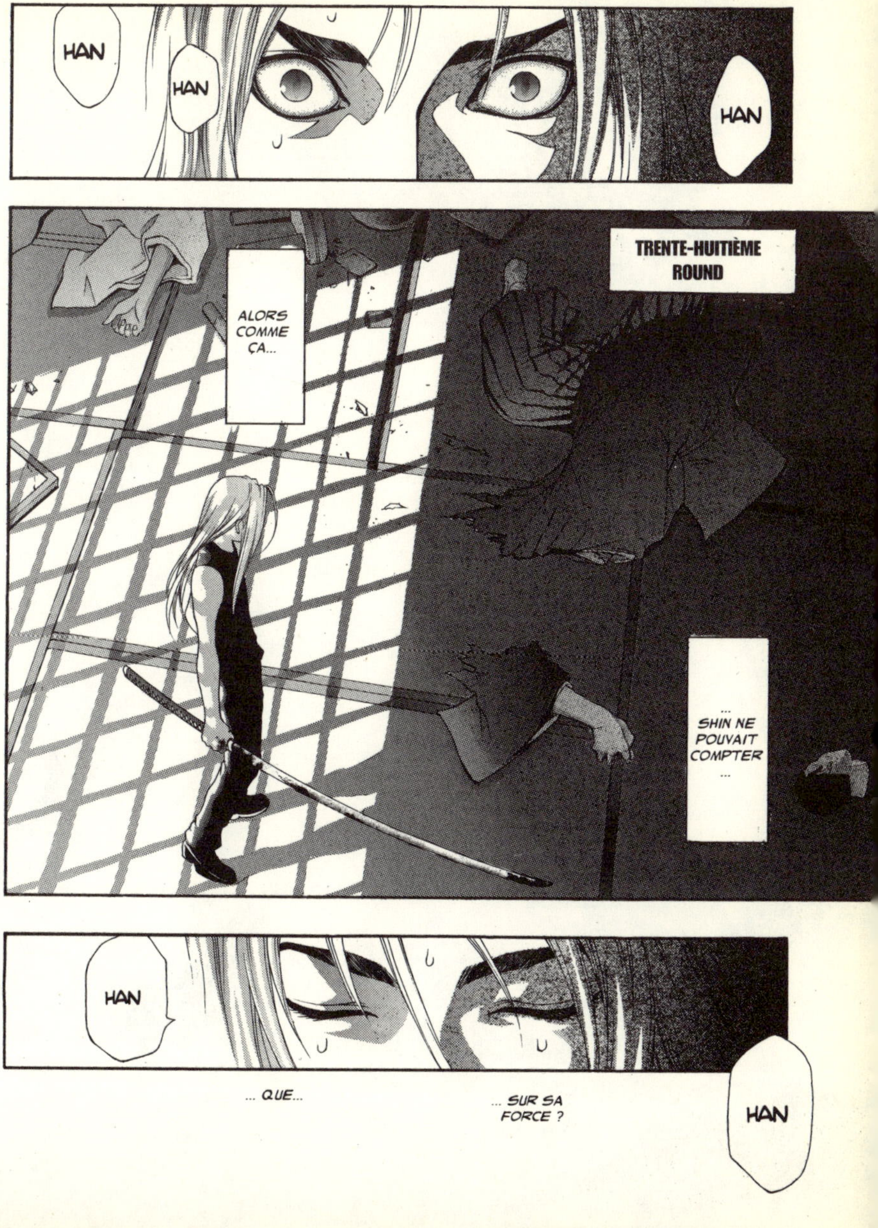
HAN
HAN
HAN
TRENTE-HUITIÈME ROUND
ALORS COMME ÇA...
... SHIN NE POUVAIT COMPTER ...
HAN
HAN
... QUE...
... SUR SA FORCE ?

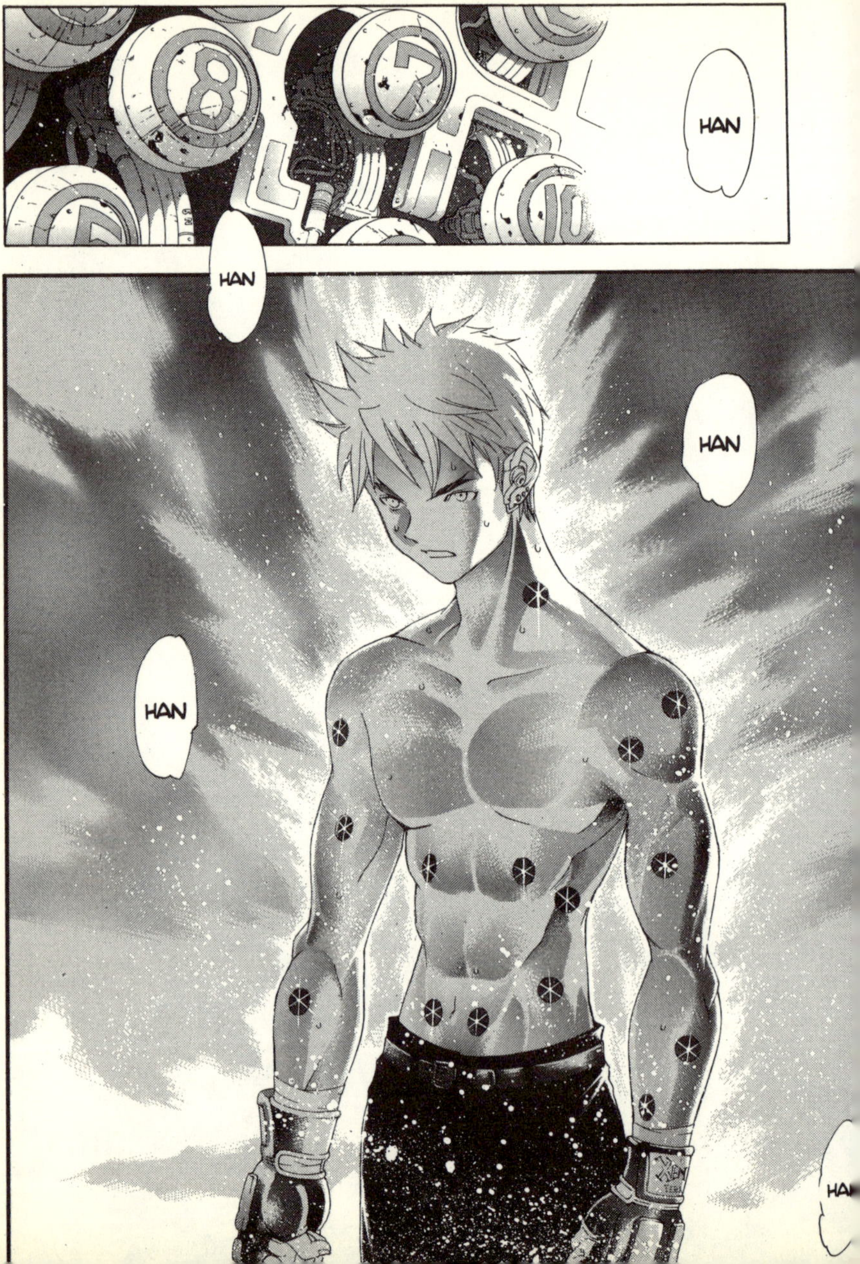
HAN
HAN
HAN
HAN

READY
SET
POSITION 5
D
B
F
C
E
F
5
8
3
12
1
E 15
4
A
20
F
13
G
8
24
F
I
3
A
15
1
2
E
C
1

NE FAITES PAS ATTENTION À L'INDICATION "POSITION".
LES LETTRES INDIQUENT LES MOUVEMENTS QU'IL DOIT FAIRE.
ET LES CHIFFRES, LES COUPS QU'IL DOIT PORTER.
CET ENTRAÎNEMENT ENSEIGNE LA PRÉCISION.
IL M'A L'AIR PARTICULIÈREMENT EN FORME AUJOURD'HUI.
MPF !
STANK
NON... IL S'AGIT D'UN PROTOTYPE HYPER-SOPHISTIQUÉ.
MAÎTRE ?
SWUPT
QUEL JOUET EXASPÉRANT !
ON SE CROIRAIT DANS UNE SALLE DE JEUX.

GÈRE-LA COMME TU VOUDRAS.
JE TE CONFIE CETTE MISSION.
FU CHE IN...
30
... AIT LIEU DANS LES MEILLEURS DÉLAIS.
C'EST QUE LA "CÉRÉMONIE DE SHIN" ...
JE N'AI QU'UN SEUL DÉSIR.

HAN
HAN
HAN
HAN
NIVEAUX DE RÉACTION ET DE PRÉCISION... EXCELLENTS, NOBLE FU.
JE N'AI JAMAIS RIEN VU DE SEM-BLABLE.
QUAND JE PENSE À LA CONDITION PHYSIQUE QU'IL AVAIT AVANT.
MM...
TRANSFORMER UN INDIVIDU EN MACHINE DE GUERRE.
QU'EST-CE QU'IL COMPTE EN FAIRE, LE VIEUX ?

FOUTAISES.
COMMENT PEUT-IL NE PAS SE RENDRE COMPTE QUE C'EST LUI QUI A CONSTRUIT CE JOUJOU ?
AH !
CHUT ! JE VOUS EN PRIE ! SURVEILLEZ VOTRE LANGAGE, MONSIEUR FU.
UN "GUERRIER" DESTINÉ À COMBATTRE LE MAL SOUS TOUTES SES FORMES.
BIEN...

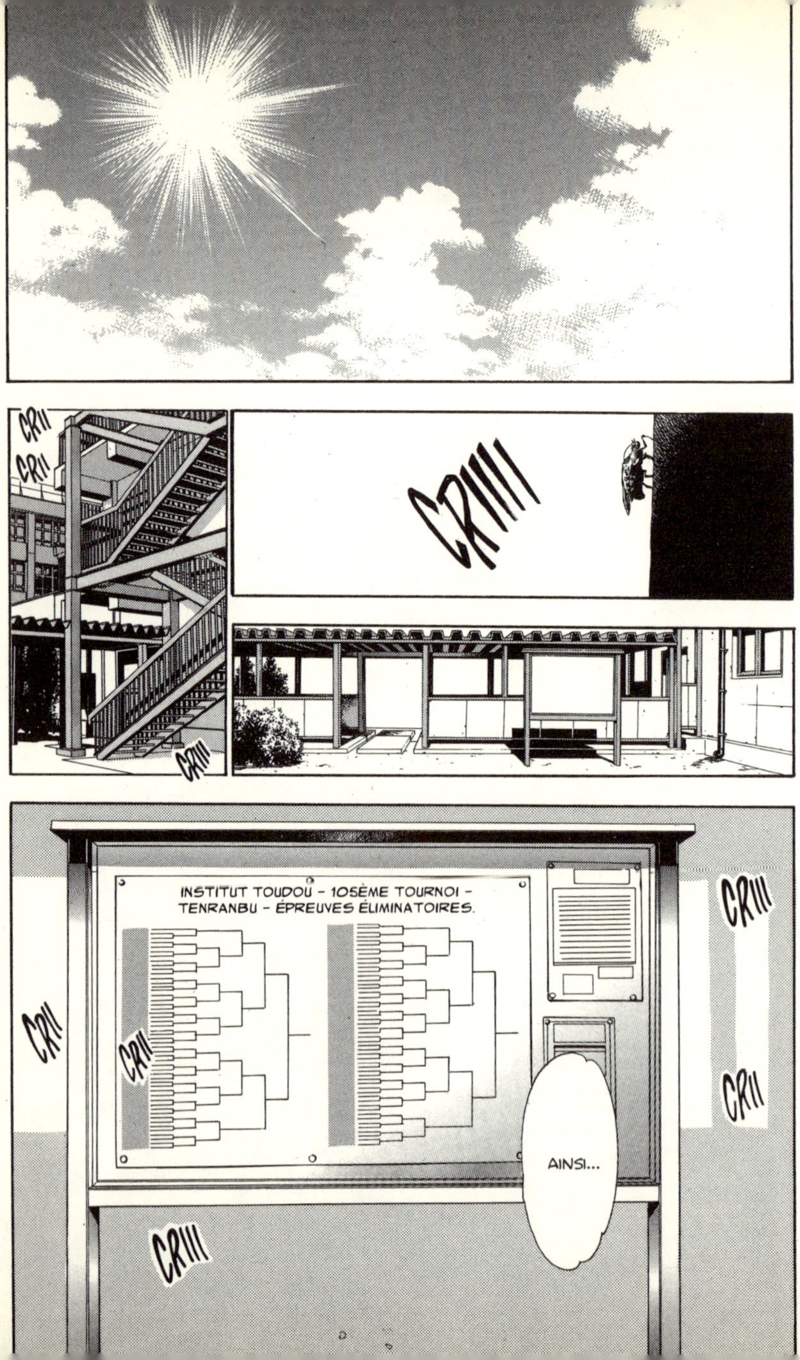
CRIIII
CRII
CRII
CRIII
INSTITUT TOUDOU - 105ÈME TOURNOI -
TENRANBU - ÉPREUVES ÉLIMINATOIRES.
CRIII
CRII
CRII
CRII
CRIII
AINSI...

… DÉBUTERONT LE 17 JUILLET PROCHAIN. ELLES DURERONT TROIS JOURS.
LES ÉPREUVES ÉLIMINATOIRES DU TOURNOI TENRANBU…
ELLE PERMET D'ACCÉDER AUX SÉLECTIONS QUI DÉSIGNERONT LE COMITÉ DU CLUB DES EXÉCUTEURS ET SON PRÉSIDENT. INUTILE DE PRÉCISER QUE LA BATAILLE SERA RUDE.
C'EST LA COMPÉTITION LA PLUS IMPORTANTE DE L'INSTITUT.
PARDON…
VOUS PERMETTEZ ?
JE N'AI PAS TRÈS BIEN COMPRIS.

VOILÀ... J'AI ENTENDU DIRE QU'AU COURS DES ÉPREUVES ÉLIMINATOIRES, ON POUVAIT AVOIR RECOURS À N'IMPORTE QUELLE TECHNIQUE.
JE NE TROUVE PAS ÇA JUSTE.
CEUX QUI N'APPARTIENNENT PAS À UN CLUB N'ONT AUCUNE CHANCE !
TENEZ... MOI, PAR EXEMPLE. JE NE PRÉTENDS PAS ÊTRE UN EXPERT, MAIS BON...
ARRÊTE DE FRIMER, MEC !
QUEL CHIEUR, ALORS !
... POUR CE QUI EST DE LA BASTON, JE SUIS LE PLUS FORT DE MA CLASSE.
TAIS-TOI OU JE T'EXPLOSE.
QUEL CRÉTIN...
AHNN
SWUIP

EN PRINCIPE...
... CET INSTITUT N'EST FRÉQUENTÉ QUE PAR DES GENS LOYAUX ET INTÈGRES.
HÉLAS, IL Y A DES EXCEPTIONS... COMME PARTOUT.
EUH...
DANS UN VOL DE GRUES ...
... SI UN CORBEAU CROASSE, LES AUTRES LE FONT TAIRE, NON ?
HEIN ?

T'ESPÈRES PEUT-ÊTRE RALLIER TOUT L'INSTITUT, HEIN, FEMMELETTE ?
TIENS, DORÉNAVANT, JE T'APPELLE-RAI FEMME-LETTE.
PIGÉ, FEMME-LETTE ?
RÉPONDS, FEMME-LETTE !
HAN !
HAN !
GRRR...
ÇA VA T'APPRENDRE À DIRE DES CONNERIES.
STONFF

AHAHAH
T'EN FAIS UNE TÊTE !
SINON TU VAS VOIR !
ÉCRASE, FEMMELETTE !
T'AS UN PROBLÈME ?
PFF !
C'EST NUL...
LES ÉPREUVES ÉLIMINATOIRES...
... DU TOURNOI TENRANBU ?

HÉ...
HÉ...
T'AS RÉFLÉ-CHI ?
TU VEUX FAIRE PARTIE DE NOTRE CLUB ?
ARGH !
SALE VICIEUX !
C'EST PAS LA PREMIÈRE FOIS QUE JE VOIS TA CULOTTE !
ÇA VA PAS ?
...
C'EST TOI QUI M'AS DIT QUE TA CLASSE ÉTAIT AU-DESSUS DE LA MIENNE !
ÉCOUTE, C'EST PAS LA PEINE D'INSISTER.
JE SUIS PAS FAITE POUR CE GENRE DE CHOSE.
ET PUIS, JE NE M'INSCRIRAI JAMAIS DANS LE CLUB DE MON PROPRE FRÈRE.

TOUT LE MONDE LE CRAINT ET PERSONNE NE SE JOINT À NOUS.
DEPUIS QUE LE KATANA N'EXISTE PLUS, SHIN N'A PLUS LA COTE.
ALLEZ, JE T'EN PRIE.
AH !
APRÈS TOUT, C'EST EN PARTIE TA FAUTE.
EN FAIT, C'EST MÊME CARRÉMENT TA FAUTE.
TU ACCEPTES DE M'AFFRONTER ? C'EST UNE PRATIQUE COURANTE À L'INSTITUT TOUDOU.
SI TU GAGNES, JE M'INSCRIRAI DANS VOTRE CLUB.
SI C'EST ÇA...
JE DEMAN-DE PAS MIEUX.

WHIIIIP
READY
READY, STEADY...
GO !!

TSK !
MINCE, ELLE EST COMPLÈTEMENT DÉCHAÎNÉE !!
NGH !
IL EST FORT !
...
WHIRL
TLAC TLAC TLAC TLAC TLAC TLAC
TLAC TLAC TLAC TLAC
TU PEUX PARLER !
TU M'AS DIT QUE T'AVAIS JAMAIS TOUCHÉ À CES MACHINES !
C'EST PAS JUSTE !
T'AVAIS DIT QUE T'ÉTAIS NUL AUX JEUX VIDÉO !
C'EST COMME ÇA QU'ILS RECRUTENT LES MEMBRES DE LEUR CLUB ?
ILS SONT FOUS FURIEUX !
C'EST DINGUE !

GAME GiO
GAME GiO
HAN !
HAN !
HAN !
PFF !
PFF !
PFF !
PFF ...
DÉSOLÉ, C'EST L'HEURE DE LA FERME-TURE.
TSK !
PFF ...
FRITZ
PFF ...
EX-AEQUO...
ET MAINTE-NANT ?
PFF ...
ON FAIT QUOI ?
ON CONTINUE.
... PAR UN CON-COURS DE CHANT.

* KARAOKE

NON !
GUAAH
MM..!
ON LAISSE TOMBER ?
PLAYER-1
PLAYER-2
JE TE PARIE QUE JE BRISE CETTE BALLE EN DEUX !
PATCH
MOI AUSSI.
TIENS.
AUFF
TU DEVRAIS PAS LES ALIGNER COMME ÇA.
PEUH !
JE PEUX EN FAIRE...
... AUTANT.
UN DOUBLE TOUT SEUL !
SUE HILO
HILO

TU...
TU LAISSES TOMBER ?
ZZ ZZ ZZ ZZ
PAS QUESTION !
BIEN !
JE TE PRENDS À LA LOTERIE !
STONK
MM...
QUAND TU VEUX.
SI TU TOM-BES SUR "ASSEZ BONNE JOURNÉE" OU MIEUX, T'AS GA-GNÉ.
SINON, À MOI LA VICTOIRE.
D'ACCORD ?
O.K. !
TA-TAC
RLLL

O.K. !!
JE L'OUVRE.

...
WUSH
QU'EST-CE QUE TU FAIS ?
ON DOIT L'OUVRIR ENSEMBLE !
AH !
HÉÉ !
AT-TENDS-MOI !
C'EST DE LA TRI-CHE !

DIS DONC ...
MIT-SUOMI.
QUOI ?
TU AS...
... DÉJÀ TUÉ QUELQU'UN ?
NON.
HOP
JE M'EN DOUTAIS.
MOI NON PLUS.
HEIN ?

QUOIQUE ...
UN DE MES ADVERSAIRES A TRÈS BIEN PU MOURIR DES SUITES DU COMBAT.
ÇA M'ARRIVE D'ÊTRE HYPER-VIOLENT.
EN TOUT CAS, JE VOIS ENCORE TA CULOTTE.
AH AH AH !
JE CROYAIS QUE TU ÉTAIS HABITUÉ !
MON FRÈRE...
... IL L'A FAIT, LUI.
SES ADVERSAIRES NE SONT PAS MORTS APRÈS.
IL LES A TUÉS.
IL ÉTAIT ENVOÛ-TÉ...
SA FORCE ...
... DE-VE-NAIT SA FAI-BLES-SE.

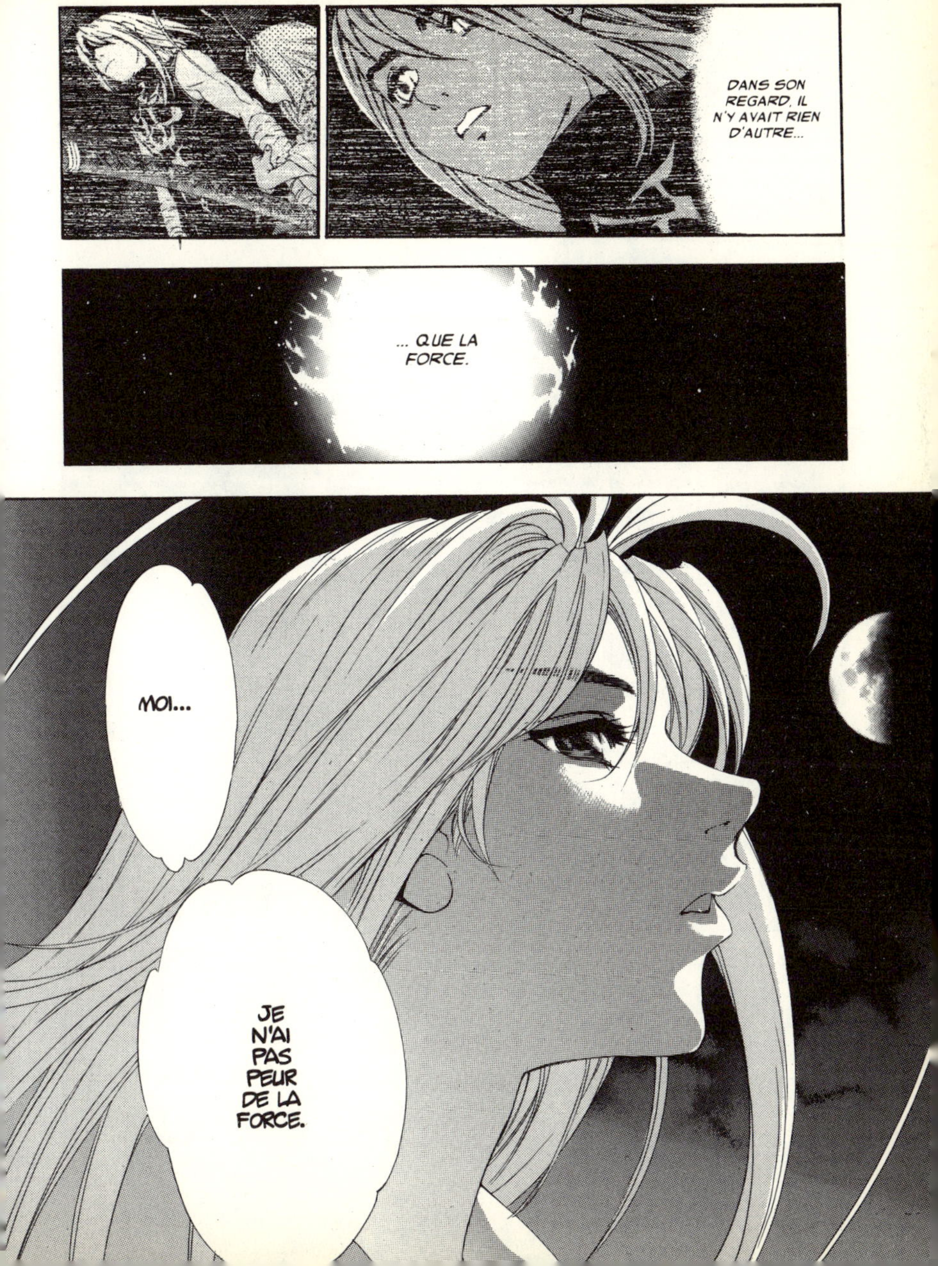
DANS SON REGARD, IL N'Y AVAIT RIEN D'AUTRE...
... QUE LA FORCE.
MOI...
JE N'AI PAS PEUR DE LA FORCE.

TU AS PEUR DE L'ARRÊTER.
MAIS...
NON, J'AI PEUR DE NE PLUS JAMAIS LE REVOIR.
FRUSH
WUUUUSH
LAISSE-MOI M'EN OCCUPER.
C'EST À MON TOUR...
... DE M'EN CHARGER.
TU T'ES ASSEZ DÉMENÉE COMME ÇA.

IL NE DOIT JAMAIS RESTER SEUL.
IL...

TOI, TU N'ES PAS SEULE.

C'EST GENTIL CE QUE TU DIS.
MM...
MAIS T'AS RIEN COM-PRIS ...

BON...
IL FAUT QU'ON ENRÔLE DES MEMBRES AU PLUS VITE.
LES ÉPREUVES ÉLIMINATOIRES ONT LIEU LA SEMAINE PROCHAINE...
!!
SPOK
MINCE, MOI QUI AI SIGNÉ POUR TE RENDRE SERVICE !
SPOK
ESPÈCE DE FAINÉANT !
SPOK
SPOK
MOI...
ÇA N'A PAS MARCHÉ.
J'AI PAS CHERCHÉ.
DE TOUTE FAÇON, ÇA SERVIRAIT À RIEN.
TU AS DES IDÉES ?
MITSUOMI, TU DISAIS QUE TU AVAIS QUELQU'UN EN VUE.
C'EST MAL BARRÉ.

POUR COMMENCER, UN PETIT CADEAU... LA FEMMELETTE DE MA CLASSE.
JE L'AI AMENÉ PARCE QU'IL PRÉTEND QU'IL N'A PAS À PARTICIPER AUX ÉLIMI-NATOIRES.
IL EST ASSEZ FORT.
FLUPP
BON... BONJOUR, TOUT LE MONDE. C'EST PAS VRAI, JE VAUX RIEN.
J'AI DÉCIDÉ DE M'INSCRIRE POUR L'INS-TANT.
MAIS ÇA NE VEUT PAS DIRE QUE TU AS GAGNÉ.
JOUER ÇA SUR UN BILLET DE LOTERIE...
ÇA ME PARAÎT UN PEU TROP FACILE, NON ?

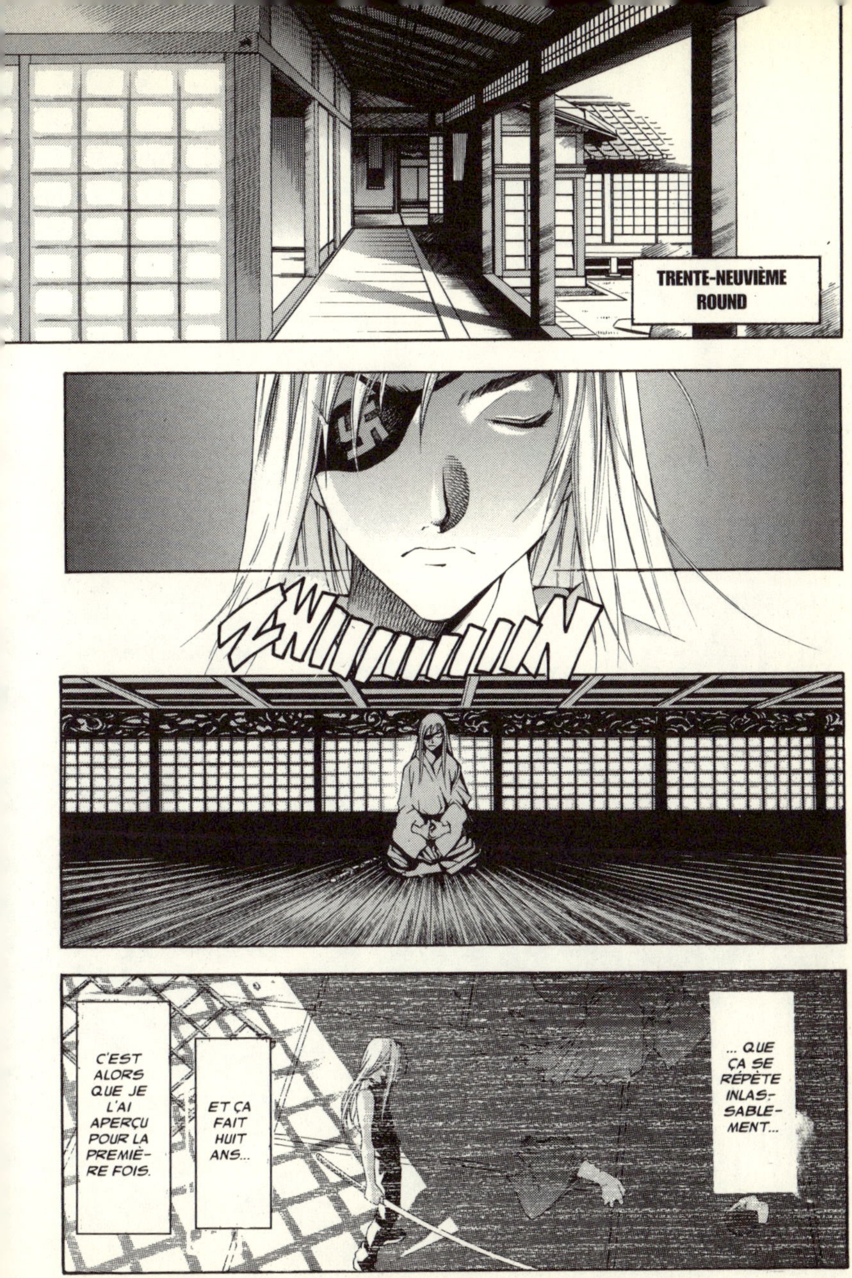

TRENTE-NEUVIÈME ROUND
ZNIIIIIIIIN
... QUE ÇA SE RÉPÈTE INLAS-SABLE-MENT...
ET ÇA FAIT HUIT ANS...
C'EST ALORS QUE JE L'AI APERÇU POUR LA PREMIÈ-RE FOIS.

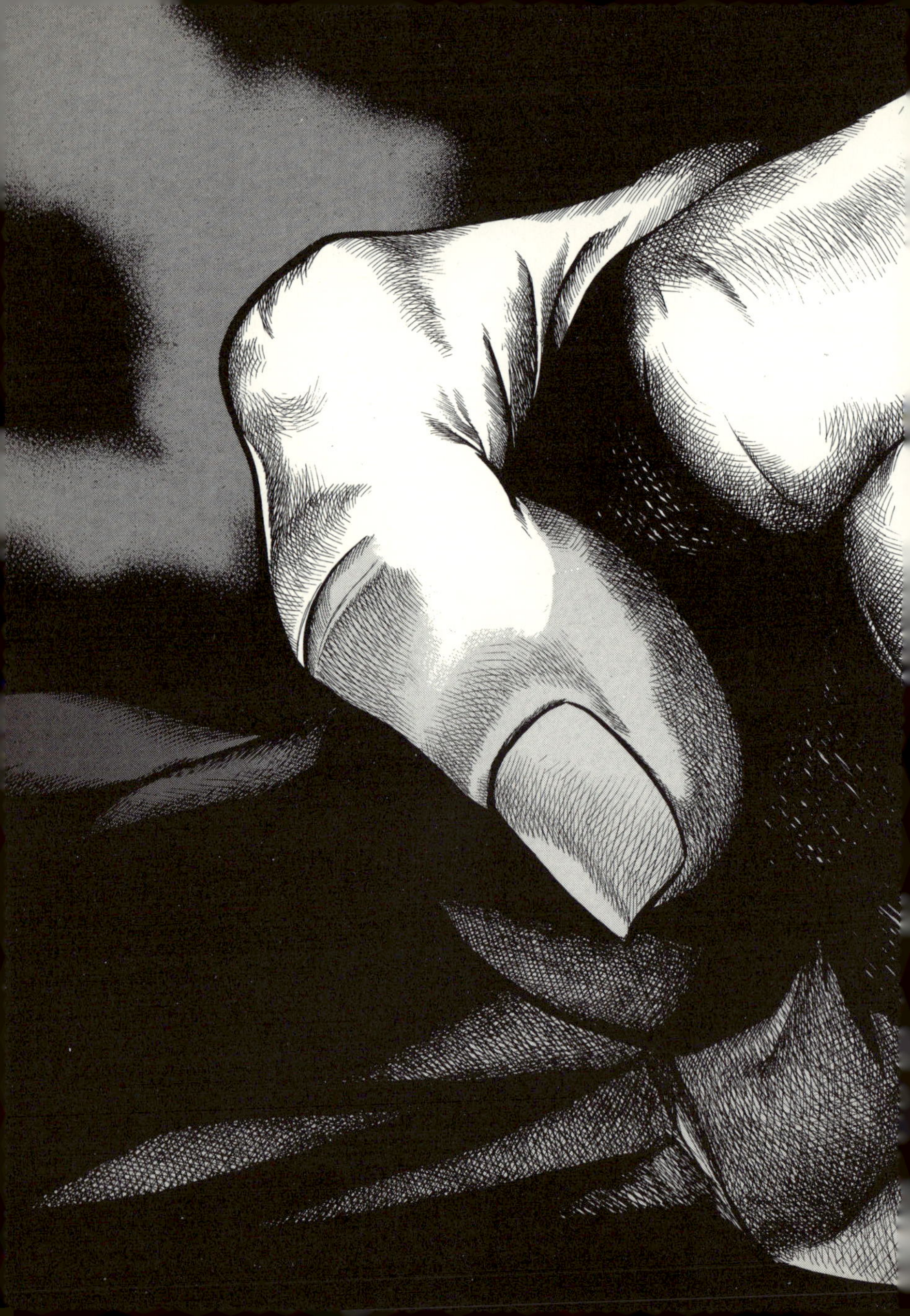

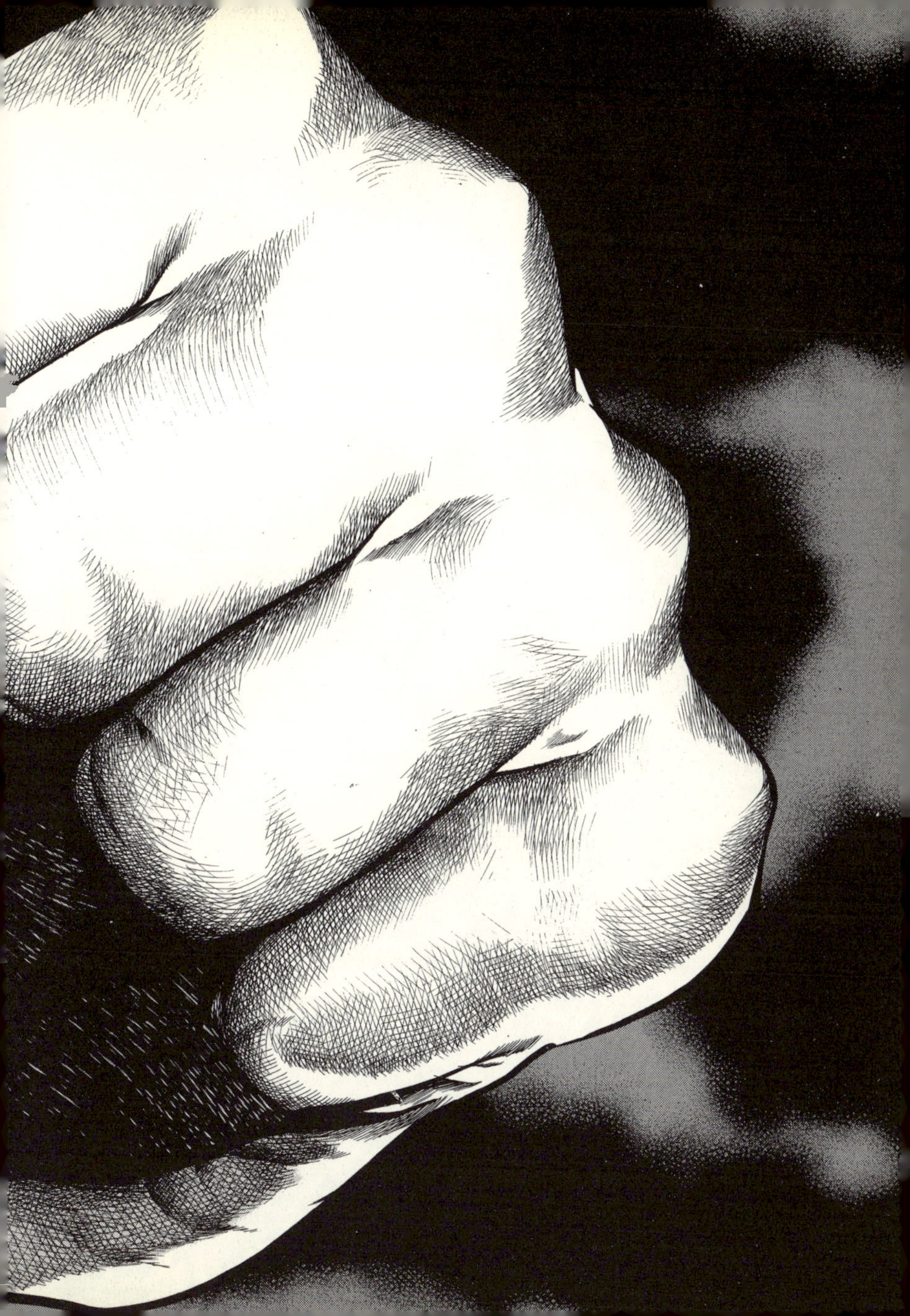

C'EST SÛREMENT...
... LA DERNIÈRE CHOSE QUE JE VERRAI AVANT DE MOURIR...
L'ANGE DE TÉNÈBRE.
!!

WUSH
WUSH
WUSH
WUSH
C'est incroya-ble...
il ne pensait qu'à lui...
... sans jamais se soucier de nous...
ZWIN
PÈRE...
hein ?
Shin...
MÈRE ...
quel lâche...
WIP

Ton âme est fragile...
... comme un vieux katana rouillé...
... qui corrompt jusqu'à son propre étui.
SLIP
son extraction produit un son insoutenable.
WHIIIIIIIIIIIF
Privée de son fil...
... elle blesse n'importe qui par plaisir...
... comme elle t'a blessé, toi aussi.
HA

JE NE MOURRAI PAS !!
POURQUOI FAUT-IL QUE QUELQU'UN MEURE, D'AILLEURS ?
ARRÊTE !
CRITCH
CRITCH
AH AHAH AHH
PAAAAH
AH

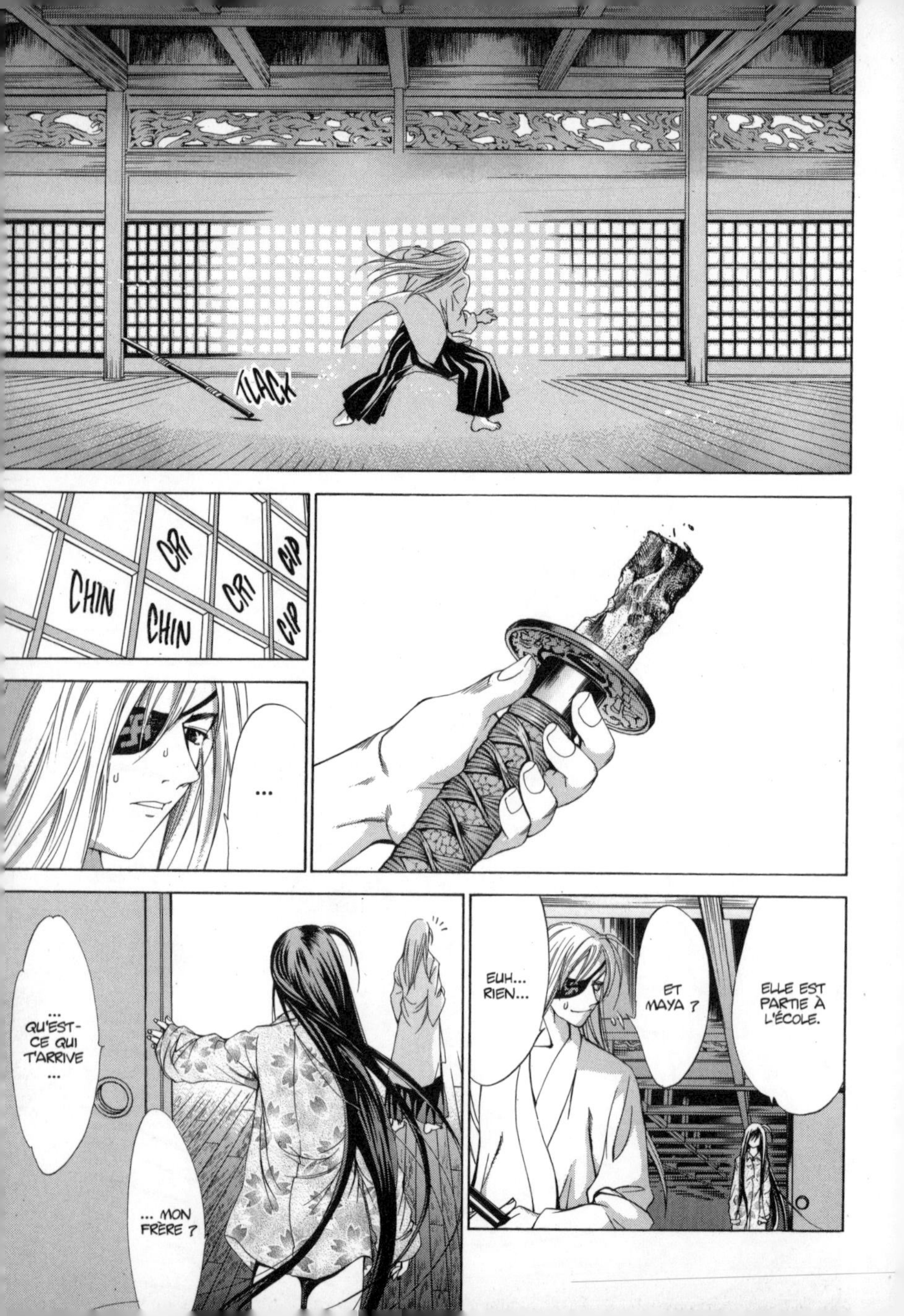
TLACK
CHIN
CHIN
CRI
CRI
CIP
CIP
...
... QU'EST-CE QUI T'ARRIVE ...
... MON FRÈRE ?
EUH... RIEN...
ET MAYA ?
ELLE EST PARTIE À L'ÉCOLE.

BON, IL VAUT MIEUX QUE J'Y AILLE AUSSI.
JE VOIS.
...
SHIN...
UN GARÇON EST VENU LA CHERCHER EN MOTO.
... JUSTE AVANT ?
AVEC QUI PAR-LAIS-TU...
...
OUI.
TU AS ENTEN-DU...
... LES VOIX ?
AYA... TU...
JE VOIS.
...

INSTITUT TOUDOU
INSTITUT TOUDOU
105ÈME TOURNOI TENRANBU. ÉPREUVES ÉLIMINATOIRES

TOURNOI TENRANBU . ÉPREUVES ÉLIMINATOIRES
LA BLESSURE N'EST PAS ENCORE GUÉRIE.
TU ES SÛR QUE C'EST UNE BONNE IDÉE D'ENLEVER TON PLÂTRE ?
MAIS SI.
ÇA VA ALLER.
BON, J'Y VAIS, O.K. ?
WAAH
NGH !
BON. BOUGE SURTOUT PAS.
ZWIN
!!

AH !
SALUT, GRANDE SOEUR... ♡
UMPF
ARRÊTE, FEMMELETTE.
SANS LUI, ON NE POURRAIT PLUS PARTICIPER AU TOURNOI.
C'EST PAS ÇA LE PROBLÈME !!
HÉ !
QU'EST-CE QUE T'ALLAIS FAIRE ?
PIC
PIC
RIEN...
MAIS SI JE T'AVAIS SONNÉ, JE SERAIS DEVENU LE PLUS FORT DE L'INSTITUT.
SALUT, TOUT LE MONDE !
AH ...
SA-LUT.
'JOUR.
SALUT.
MAYA.
JE SAIS PAS SI TU FAIS ÇA POUR ME RENDRE SERVICE...
MAIS SI TU ESSAIES DE M'AVOIR, JE T'ÉCLATE.
D'AC-CORD.
COM-PRIS ?

C'EST BIEN PARCE QUE C'EST TOI.
MAIS DÉCONCENTRE-TOI UN SEUL INSTANT ET JE TE SAUTE DESSUS.
NE L'OUBLIE PAS.
ILS N'ONT PAS L'AIR DE TRÈS BIEN S'ENTENDRE, CES DEUX-LÀ.
HEIN ? MAIS NON...
TU TE TROMPES.
C'EST LEUR MANIÈRE À EUX D'EXPRIMER LEUR AMOUR.
FAUT PAS T'INQUIÉTER, CROIS-MOI.
ALLEZ.
ON Y VA !!
OUI.
YEAH !
AH ...
MPF !
DANS CE GENRE DE SITUATION, IL FAUT HURLER COMME DES BÊTES.
HEIN ? QU'EST-CE QUE TU RACONTES ?
ET DIRE DES MOTS D'ENCOURAGEMENT.

UN PEU DE SILENCE, S'IL VOUS PLAÎT.
FIUUT
OÙ SE DÉROULERONT LES AUTRES, ALORS ?
CHUT !
BLA BLA BLA
WAOW, LA CLASSE. ILS ONT VRAIMENT DES ÉQUIPEMENTS MODERNES À L'INSTITUT TOUDOU.
C'EST LÀ QU'ON VA COMBATTRE ?
MAIS NON, CRÉTIN.
SEULES LES CINQ DERNIÈRES RENCONTRES AURONT LIEU ICI.

COMME VOUS LE SAVEZ...
LA CRÉATION DE CET INSTITUT REMONTE AU DÉBUT DE L'ÈRE MEIJI, AU MOMENT DU REGROUPEMENT DES DIFFÉRENTES ÉCOLES DE LUTTE DE LA RÉGION.
CES ÉCOLES SE TRANS-FORMÈRENT ALORS EN CLUBS. IL EN EXISTE AUJOURD'HUI QUATRE-VINGT-SEIZE.
LE PREMIER CLUB DE KENDO, PAR EXEMPLE, EST L'ANCIENNE ÉCOLE DE SHINKAGE, ET LE SECOND, CELLE DE MANIWANEN.
AVANT DE COM-MENCER...
... LE PRÉSIDENT DU COMITÉ DIREC-TEUR DE L'INSTI-TUT TOUDOU VA VOUS RAPPELER LES RÈGLES.
BLA
BLA
BLABLA
NIIIIONG.
AH...

QU'EST-CE QUE TU VEUX ...
... MON FRÈRE ?
POUR GARANTIR LA PAIX DANS L'INSTITUT, ON CRÉA LE CLUB DES EXÉCUTEURS...
TU AS MÊME CONSTITUÉ UN NOUVEAU CLUB POUR ÇA.
POURQUOI TU AS PRIS PART AU TOURNOI ?
... DONT LES MEMBRES ÉTAIENT LES VAINQUEURS DE CE TOURNOI.
ALORS...
LE PRÉSIDENT DU CLUB DES EXÉCUTEURS ÉTAIT ÉLU POUR UN AN.
TU N'AS PAS L'ÉTOFFE POUR FAIRE ÇA. C'EST TROP DE RESPONSABILITÉS.
EXPLIQUE-TOI.
QUOI ?
LE RÔLE DE PRÉSIDENT DU CLUB DES EXÉCUTEURS ME MANQUE BEAUCOUP.
LE CHOIX DES VAINQUEURS SE FAIT DE LA MÊME MANIÈRE DEPUIS PLUS DE CENT ANS.
ALORS QUEL EST TON MOBILE ?
LES CINQ REPRÉSENTANTS DE CHAQUE CLUB...
...
... SE DOIVENT DE RESPECTER...

... CES VALEURS FONDAMENTALES QUE SONT LA LOYAUTÉ ET L'HONNEUR !!
MAIS QU'EST-CE QU'IL RA-CONTE ?!
JE COMPRENDS RIEN.
C'EST POURTANT SIMPLE.
IL DIT...
... QUE LES CLUBS DOIVENT S'AFFRONTER LOYALEMENT ET AVEC HONNEUR.
EN DEHORS DE ÇA, IL N'Y A AUCUNE RÈGLE.

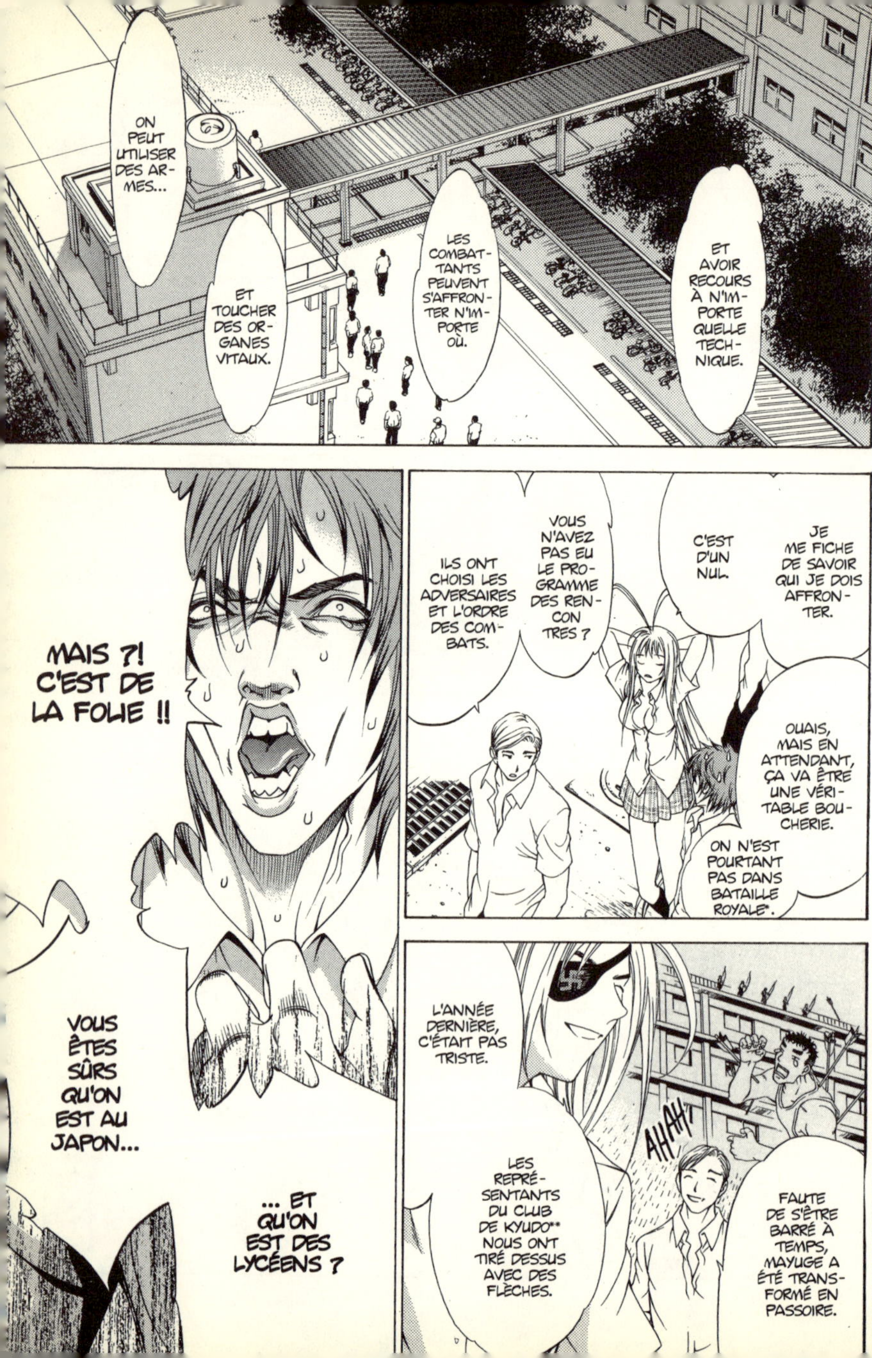

* FILM DE TAKESHI KITANO : DANS UN FUTUR PROCHE, DES ÉLÈVES SONT ENVOYÉS SUR UNE ÎLE OÙ ILS DEVRONT S'ENTRETUER. SEUL L'UN D'ENTRE EUX SURVIVRA.

** TIR À L'ARC

DIS DONC, TU VAS OÙ ?
DÉSOLÉ... MAIS J'AI UN RENDEZ-VOUS URGENT.
EXCUSEZ-MOI.
JE... J'AI MAL AU VENTRE.
TU RESTES AVEC NOUS. TU NOUS AS DONNÉ TA PAROLE.
SI JAMAIS TU ESSAIES DE T'ÉCHAPPER, ON TE LE FERA PAYER TOUTE TA VIE.
GÙAAAAH !
DE TOUTE FAÇON, TES ADVERSAIRES TE LAISSERONT PAS T'ENFUIR COMME ÇA.
REGARDE.

LA FÊTE A DÉJA COMMENCÉ.
STROSH
EXACT.

NOUS APPARTENONS AU CLUB DE AKUTAGAWA NINGUN GOKI.
ET NOUS SOMMES VOS PREMIERS ADVERSAIRES.
ON VA COMMENCER PAR LA FILLE.
CRÈVE !!

ARGH !
!!
FLATCH
FLATCH
AAAH !

OOOOH !
SLURP
BLOP
ZWIN
CETTE FOIS...
... T'ES FOUTUE !
TAF
!!
PEUH ! QUELLE NULLE !
TAP

WIRL
PAF

ALLEZ, LAISSE LA PLACE AUX JEUNES.
COMME ÇA, ON POURRA SE REPOSER UN PEU, NOUS LES VIEUX.
VIEUX ?
PARLE POUR TOI.
PAF
...
MM...
DES ÉPREUVES ÉLIMINATOIRES, ÇA ?
UGH...
SEUL SURVIVANT
COOL !

NORMAL QUE TU M'AIES BATTU !
HÉ ! GRANDE SOEUR, T'ES SUPER !
ILS ONT COMMENCÉ.
SHHH
SHH
SHH
SHH
SHH
...

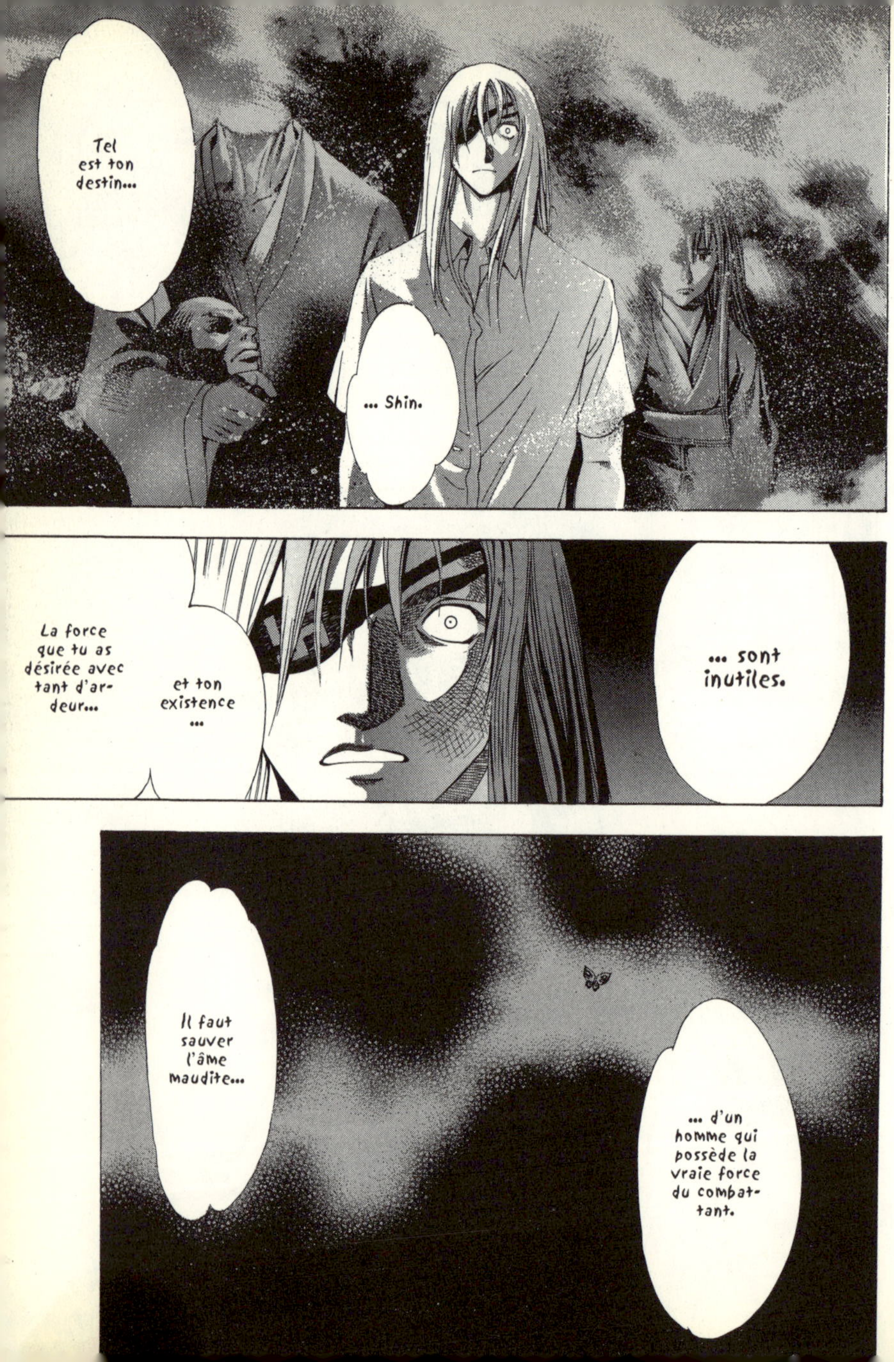
Tel est ton destin...
... Shin.
La force que tu as désirée avec tant d'ardeur...
et ton existence ...
... sont inutiles.
Il faut sauver l'âme maudite...
... d'un homme qui possède la vraie force du combattant.

PAF
GLOM
HÉ ! SHIN !
FRUSH
RESTE PAS PLANTÉ LÀ.
QUELQU'UN POURRAIT TE FRAPPER DANS LE DOS SANS QUE TU T'EN APERÇOIVES.
OUI. PARDON...
JE SAIS.

JE N'AI PAS PEUR DE MOURIR.
JE...
JE LE SAIS...
MAIS JE NE PEUX PAS ACCEPTER...
... QU'IL ME PRENNE TOUT CE QUE J'AI.
ENFER & PARADIS

BONUS

QUE SONT DEVENUS LES HÉROS ?

ET DE NOUVEAU...

♡ REGARDEZ CE QUI ARRIVE AUX PARENTS TROP INDULGENTS !

VOICI HARRY, UN NOUVEAU MEMBRE DE LA FAMILLE.
IL EST MIGNON, MAIS IL N'A RIEN DANS LE CRÂNE.
SWIP
SWIP
QUEL SOUK ILS ONT SEMÉ TOUS LES DEUX.
REGARDEZ-LES À L'OEUVRE PENDANT MON ABSENCE.
CRAFF
CRAFF
ZUFF
IL OUBLIE TOUT LE TEMPS DE DEMANDER À SORTIR.
HARRY !
HÉ !
ALORS IL LAISSE DES TRACES PARTOUT.
JE L'AI GRONDÉ POURTANT !
KAÏ KAÏ
KYAASH
IL SE MET DEBOUT SUR SES PATTES DE DERRIÈRE ET IL ME SAUTE DESSUS...
GAHR
OGURE S'EST INSPIRÉ DE CETTE SCÈNE POUR SON MANGA.
TIENS, FRÉROT.
GOÛTE.
C'EST BON.
C'EST MAGNIFIQUE.
SUPER BON.
MAL...
SUPER.
PUIS IL DISPARAÎT EN PLEINE NUIT DANS LES RUES DE LA VILLE.
ARGH
YRR
YRR
ET DIRE QUE JE DEVAIS LE REFAIRE !
IL N Y A QUE DANS CES MOMENTS-LÀ QU'IL FAIT PREUVE D'INTELLIGENCE.
HI HI HI
MAIS J'AI RÉUSSI À LE FILMER.
PAUVRE PETIT, PERSONNE NE T'AIME.
RRRR RRRR
IL AIME BIEN LE RESPONSABLE DU MANGA.
PAFF
PAFF
MAIS SI...
JE DIRAIS MÊME PLUS...
DANN
JE L'ADORE.

* NOM INSPIRÉ DE HAMUTARO, LE HAMSTER D'UN CÉLÈBRE DESSIN ANIMÉ JAPONAIS.
** NOM INSPIRÉ DE AFROKEN, UN CHIEN AVEC UNE COIFFURE AFRO.

Merci de m'avoir lu !

See you Next comix

GURE

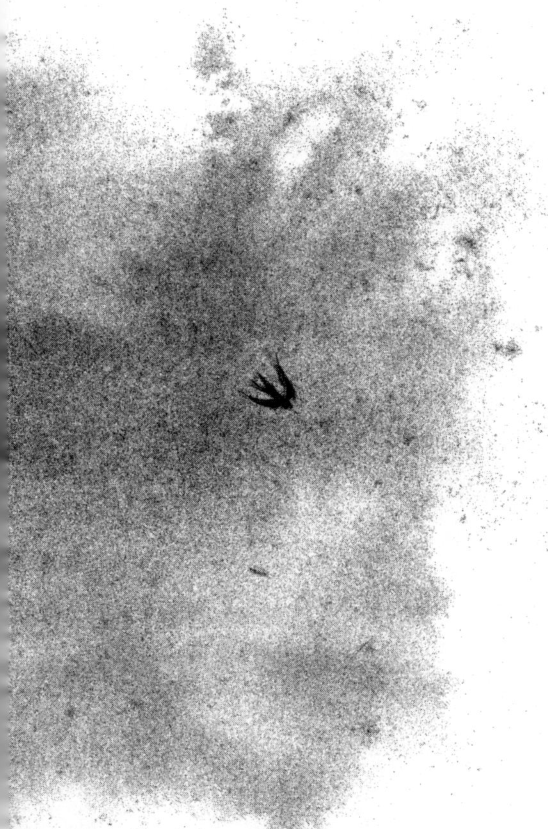

Oh! great

ENFER&PARADIS

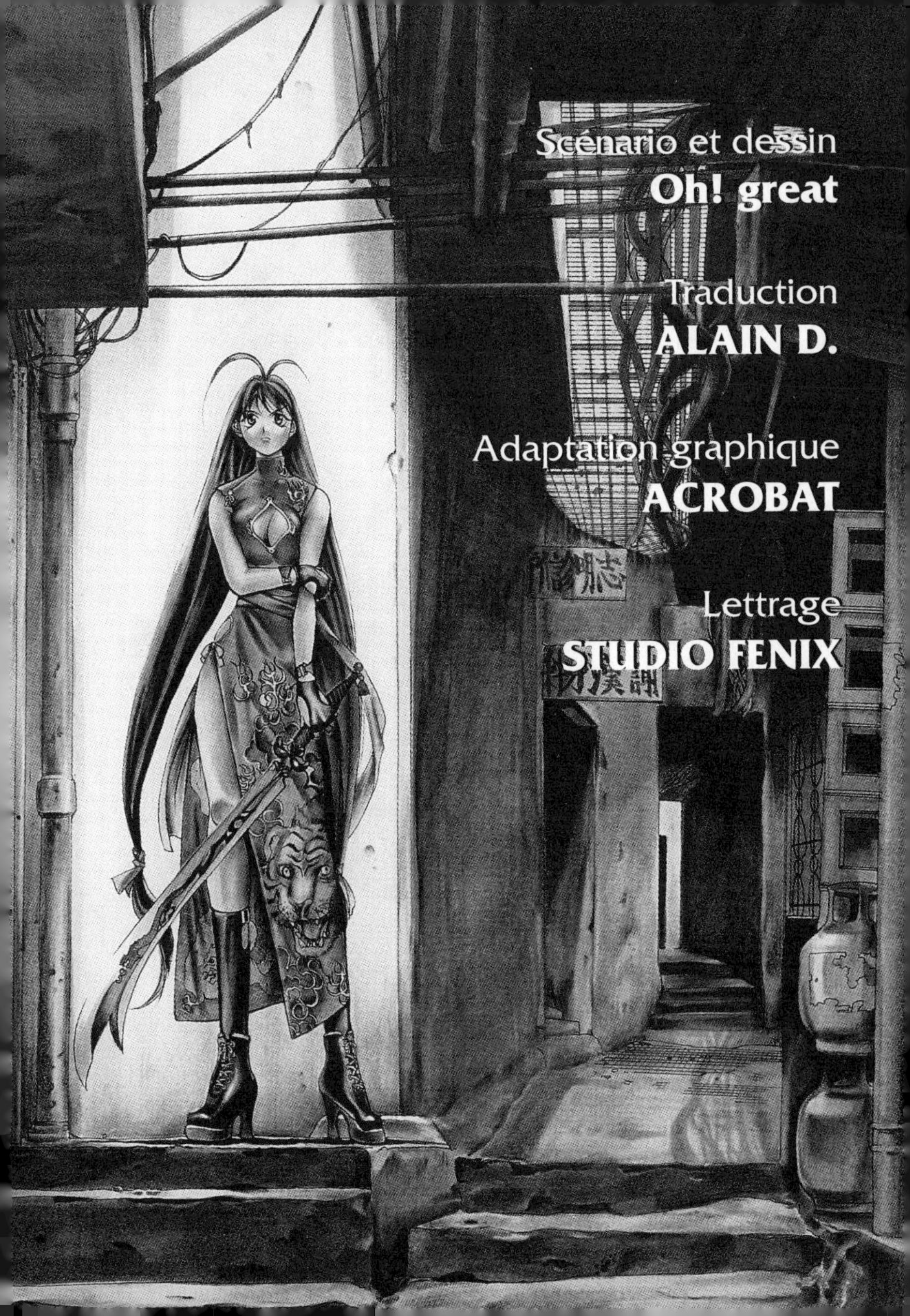

Scénario et dessin
Oh! great

Traduction
ALAIN D.

Adaptation graphique
ACROBAT

Lettrage
STUDIO FENIX

Directeur de l'édition française
ALAIN GUERRINI

Directeur éditorial européen
MARCO M. LUPOI

Rédacteur en chef
SEBASTIEN DALLAIN

Promotion
PIERRE-JEAN REBOTON

Contrôleur de gestion
JOHN SCALA

Coordinatrice éditoriale
ANNA RODELLA

Directeur artistique
ROBERTO RUBBI

Concepteur graphique
DRZ

Maquettiste
SABRINA PIU

Avec la collaboration de
LAURENCE BELINGARD, MATTHIAS DAGORNE,
MARIE-PAULE GARCIA, ASTRID JODKOWSKI
et de toute l'équipe de Génération Comics

ENFER & PARADIS 6
ISBN : 2-84538-195-6

Un ouvrage GÉNÉRATION COMICS/PANINI FRANCE S.A.

Commercialisation et relations média :
PANINI FRANCE S. A.
Z.I. SECTEUR D - B.P. 62
06702 SAINT-LAURENT-DU-VAR CEDEX
Tél. 04 92 12 57 57
Fax 04 92 12 57 58

Diffusion : MAKASSAR (tél. 01 40 33 69 69)

Titre original : Tenjou Tenge

Impression : Tipografia Gravinese s.n.c., TORINO.
Printed in Italy/Imprimé en Italie

Merci à **CHIGUSA OGINO** et **ALICE ITOH** de Tuttle-Mori Acency, Inc., Tokyo, pour leur précieuse collaboration.